皇弟殿下の薬湯妃
～初恋の人との駆け落ち先は後宮でした～

唐澤和希

プロローグ

「あの、叔父様、今年の冬はとても寒くて、身体を温める作用のある生薬《しょうやく》がもう底をつきます。なので仕入れていただきたいのですが……」

楊燕《ようえん》はそう言って頭を下げながら必要な生薬を書いた竹簡《ちっかん》を差し出す。

ここは、温泉の出ない温泉地、貴妃池《きひち》にある湯屋「楊梅楼《ようばいろう》」。

そこで働く燕は、仕事が落ち着いた夕方頃に湯屋の経営者でもある叔父の元を訪れ、仕入れの直談判に来ていた。

竹簡には、冬の季節によく使う薬湯用の生薬が書かれていた。季節は晩冬に差し掛かろうかという頃、とうとう生薬が切れたのだ。これまで湯屋の中庭で育てていた薬木や薬草で賄《まかな》ってきたがもうもたない。

湯屋「楊梅楼」では、お客様の悩みに合わせて薬湯を提供している。そしてその薬湯を作るのが「薬湯師」である燕の仕事だ。

薬湯と聞くとだいたいの人が生薬を煎《せん》じた飲み薬だと思う。だが、燕の言う「薬湯」とは身体を浸ける湯のことを意味する。とはいえ、湯を身体全て浸けるほど溜めるのは一部の権力者のみで、燕が働く「楊梅楼」が提供しているのは「足湯」と呼ばれるものばかり。

膝《ひざ》の下あたりまでを生薬の入った湯に浸けることで、身体を癒《い》やす技である。

祖父の代から始まったこの薬湯師の技が、地盤変化の影響で温泉が止まってしまった「楊梅楼」という湯屋が生きるための唯一の命綱。だが……。

「そんなものを仕入れてなんになる。だいたい生薬とかいうやつは高すぎる！」

そう言って叔父は声を荒げた。

燕の母は燕が幼い頃に病《やまい》で亡くなり、父親も燕が十一歳の頃に事故で亡くなった。その後を継ぐ形で湯屋を乗っ取ったのが叔父一家だ。生薬の仕入れも含めて決裁権は全て叔父にある。そのため仕入れ時には毎回頭を下げるのだが、最近は断られることが増えてきた。

「で、ですが……その、それでは満足に薬湯が作れません」

燕がおどおどしながらも言い募ると、叔父の眉間《みけん》に皺《しわ》が寄る。

「生薬など無駄遣いだ！　そこらへんの雑草でも適当に入れておけばいいだろうが！」

「そ、そんなことできません！」

温泉のない湯屋がこれまで続けてこられたのは薬湯があるからこそ。薬湯のおかげで身体の調子が良くなったと言って、たくさんのお客様が通ってきてくれていたのだ。

しかし最近、客足が如実に減っている。叔父が変なところで金を惜しむためだ。

生薬が満足に使えず、効果のある薬湯が作れない。加えて、燕以外の薬湯の知識がある者達を、叔父は解雇してしまった。「楊梅楼」の薬湯の質は確実に落ちている。

「わしに歯向かうのか！　育ててやった恩も忘れて！」

そう言われて燕は目を丸くする。

（育ててもらった覚えがあまりない……）

叔父に引き取られた時、父親から薬湯の技術を教え込まれていた燕はすでに湯屋では薬湯師として仕事をこなしていたし、自分の食事そのほかもろもろ含めて自分で用意をしていた。正直なところでいえば、叔父夫婦とその一人娘の玉玲《ぎょくれい》には意地悪をされた記憶しかない。

あまりの衝撃に言葉をなくした燕だったが、ハッと目を見開いた。

「叔父様！　私を育てたなんていうありもしない記憶があるなんて！　頭のご病気ではないですか⁉　頭がぼんやりする時は、薄荷《はっか》が良いかもしれません、今すぐ湯の準備を……！　薬湯浸けにしなくては！」

「おい、勝手に浸けるな！」

今すぐにでも薬湯の準備をしようと腰を浮かせた燕に、叔父が声を荒げた。

「え？　でも……」

「でもじゃない！　わしは病気ではない！」

「ですが突然声を荒げるのは心が乱れている証拠です！　そういう時は、やはり薬湯が……」

……

「ええい！　うるさい！　いいから黙ってそこに座れ！」

叔父が顔を真っ赤にして声を荒げるので、燕は浮かせた腰をすとんと下ろす。

病気ではないのならどうして記憶が捏造《ねつぞう》されているのだろう。そんなことを燕が考え込んでいると叔父が口を開いた。

「もうお前はここから出ていくんだ。生薬だのなんだの必要ない！」

「え？　出ていく？　私が？」

寝耳に水で、燕はきょとんと目を丸くした。

「そうだ。お前ももう十九。お前は結婚してここから出ていくのだ。このわしが相手を見つけてやったのだぞ。なんと寛普沈様だ。立派な方だぞ」

得意げに叔父がそう言って鼻を鳴らす。燕は目を瞬《しばた》かせてから口を開いた。

「えっと、その方にはすでに奥様がおられますし、妾《めかけ》も確か二十人ほどおられたような……」

「そうだ。お前は二十一番目の側女《そばめ》になるのだ」

得意満面の笑み。

結婚相手らしい寛普沈は、資産家ではあるがかなり高齢だ。しかも好色であることは有名な話。彼の二十人の側女は全て金に物を言わせて買われた娘だというのがもっぱらの噂《うわさ》だ。つまり、燕もまた金のために好色親父に売られたということである。

最近、叔父が金に困っていることは知っていた。叔父の一人娘である玉玲が、少し前に後宮に上がったのだが、その際の支度金としてかなりの金子《きんす》を用意し、後宮に入ったあとも玉玲は何かと支援を強請《ねだ》っている。それでとうとう金子が足りなくなったのだろう。

「あ、あの、待ってください。私がいなくなったら……「楊梅楼」に薬湯師が誰もいなくなります。それでは薬湯が」

「薬湯なんぞ、適当にその辺の草を入れておけばどうにでもなるだろう」

「ど、どうにもならないと思いますが……！」

「黙れ！　お前の分際で、文句でもあるのか！　嫁にもらってやる奇特なお方がいたことに感謝するべきところだろうが！」

と、怒鳴り散らす叔父を燕は絶望の眼差しで見つめた。

そうしてあれよあれよという間に祝言《しゅうげん》の日が訪れた。

天気は快晴で、湯屋の一番広い客室の窓から恨《うら》めしいほどの陽気が差し込む。

（本当に、あっという間……）

ずっと「楊梅楼」にいると思っていたのに、まさか出ていくことになるなんてまだ信じられない。

赤い花嫁衣装に身を包んだ燕は、顔の前にかけられた赤い紗《しゃ》からこっそりあたりを見渡す。

祝言とはいうが、燕は妾だ。お祝いも大層なことはしない。少し歓談してそのまま相手に引き取ってもらうだけのただの宴会だ。場所は、湯屋の空いている客室を使ったので金はそうかからない。この場に同席している叔父夫婦もほくほく顔だ。

隣に座る新郎は今にもぽっくりといってしまいそうな皺だらけのお爺《じい》さんだ。すでに酒に酔っているのか、顔が赤い。そしてそばには若い女性を数名侍《はべ》らせ、鼻の下を伸ばしていた。異様に薄い衣を纏《まと》う女達は燕以外の妾だろうか。

今のところ、相手は燕に全く興味がなさそうだった。

燕は視線を手元にある酒杯に落とした。なみなみと注がれた酒の水面に、癖のある髪を雑にまとめ、瑞《ずい》国では珍しい黄緑色の目を持つ自分が映る。

燕はもう十九歳。今までずっと、ひたすらに湯屋で薬湯師の仕事をこなしてきた。叔父達に酷使されていると言っても過言ではないほどに働きつめていたので、叔父達は手放さないだろうと思っていたし、燕もそれでいいと思っていた。

それがまさかの結婚だ。

ふと、「楊梅楼」に定期的に通ってきてくれる常連客の一人、いや、幼馴染みの姿が浮かんだ。

(弘頼《こうらい》様……)

燕より三歳年上で、幼い頃からの友人。無口だけど優しい人。

引き締まった身体に美しい顔。けれど、背中に大きな火傷の痕《あと》があって、治療のために
ここ数年は週に一度は来てくれる。彼の訪れをいつもいつも密かな楽しみにしていた。

燕は先日、その弘頼が湯屋に来た時に『結婚するのでもう薬湯は作れません』と伝えた。

態度には出さないように努《つと》めたが、ほとんど縋《すが》るような気持ちだった。

弘頼ならもしかしたら自分のために、と期待する気持ちがあったから。

でも弘頼から返ってきた答えは「そうか」だけだった。

その時、なんとも言えない寂しさを感じた。

（せめて火傷痕が綺麗になくなるまでは、弘頼様に薬湯を作って差し上げたかった……）

彼の背中の火傷の痕は当初に比べたら随分《ずいぶん》と良くなった。痛みも痺《しび》れもなくなったよう
だが、まだ完全に火傷の痕は消えていない。

だがもう燕は彼のために薬湯を作ることはないだろう。燕は湯屋を離れ、よく知らない
相手と結婚し、これまで薬湯師として捧げてきた全てを捨てることになる。

そう思った時だった。

騒々しい足音と、人々のざわめき声が聞こえ始めた。叔父夫婦も何事かとお互い目を合
わせ、湯屋に何かあったのだろうかと思って燕も腰を浮かせる。

そうこうしているとガタンと部屋の両開きの扉が突然開かれ、そこにいる人物を目の当

たりにして燕は目を丸くする。

弘頼だった。藍色《あいいろ》の長袍《チャンパオ》にさらに暗い色の外衣を重ね、肩を上下して呼吸を整えている。

何事だろうと思う間もなく、弘頼はまっすぐ燕の元に来た。

呆然《ぼうぜん》とする燕の手をとり、引っ張り上げ、そのまま部屋から出ていこうとする。

あっけに取られていた叔父が、ここにきて立ち上がった。

「な、何者だ貴様！ そいつをどこに連れていくつもりだ！」

叔父の言葉に、弘頼は足を止めると振り返った。

「彼女は、私がもらう」

迷いなく、どこか怒気を孕《はら》みながらそう言う。彼の言葉には有無を言わさぬ圧があった。

しんと静まり返ったその時、弘頼は誰にも渡さないと言いたげに燕を腕の中に抱きしめる。

（え……どういう、こと……⁉）

状況の理解が追いつかない燕だったが、すごく自分の胸が高鳴ったのだけは分かった。

泡を噴く勢いの叔父達を横目に、弘頼に抱えられたまま、燕は湯屋「楊梅楼」を出た。

薬湯に一生を捧げると決め、結婚する気はない燕だった。だが結婚に全く夢を見ないというわけではなかったらしい。

政略結婚の祝言の日に、密かに想っていた弘頼に掻《か》っ攫《さら》われて確かに胸がときめいた。

弘頼とともに馬車に乗り込み、少しだけ会話をしたあと安心感のためかそのまま寝入ってしまった。

きっと弘頼と所帯を持って、弘頼のために薬湯を作って暮らせるのね、とまんざらでもない気持ちでうたた寝をしてたどり着いた先は、弘頼の屋敷。

ではなかった。

燕が放り込まれたのは、皇帝のおわす皇宮の内廷。

つまりは後宮、皇帝の寵愛《ちょうあい》を求めて争う女の園。

第一章

燕《えん》には幼馴染みといえる友人が三人いる。

初めての出会いは、燕が五歳の頃。

一人は游星《ゆうせい》、五歳年上の男の子。身体を動かすのが得意でなんでもできて、やんちゃではあるけれど乱暴ではなく、頼り甲斐《がい》と魅力に溢《あふ》れた人。

一人は胡蝶《こちょう》、燕より六歳年上の女の子。面倒見のいいしっかり者で、何かと暴走しがちな游星をきちんと叱《しか》れる強さもある。

そして最後に、弘頼《こうらい》。三歳年上で目を見張るほどに美しい。游星に振り回されがちだが、思慮深くて優しい男の子。

燕の父が経営する湯屋を毎回貸し切りにして利用する夫婦が連れてきた子供達だ。

初めてこの三人の子供達を見た時、それぞれが浮き世離れした美しさを持っていたため、呆《ほう》けてしまったのをよく覚えている。特に弘頼の美しさは格別で、目が合っただけで顔を真っ赤にさせてしまったほどだ。

游星と弘頼は、夫婦の子供であるようだが、胡蝶は奥様の親戚の子らしい。

ご夫婦が父の薬湯に浸かっている間、燕は三人の子供達と遊んで過ごすことになった。

初めのうちは三人の高貴な雰囲気に気後《きおく》れしていたけれど、まだ幼い子供のこと。少し言葉を交わせばすぐに仲良くなった。

燕はその頃からすでに父から薬湯師になるための修業をしていたため、同じ年頃の子供と遊ぶ機会がほとんどない。三人はそんな燕にとって初めての友達。

そのご夫婦と三人の子供達は月に二度ほど遊びに来てくれたので、燕はいつもその時を待ち侘《わ》びて過ごしていた。薬湯師としての辛い修業も、彼らとまた遊べると思えるから頑張れた。

しかし父が亡くなるとご夫婦が来なくなってしまい、弘頼だけがたまに通ってきてくれるのみになった。

そして弘頼の背中に大きな火傷の痕ができてしまってからは、その火傷の療養のためにもっと頻繁《ひんぱん》に通ってくれるようになった。

昔のように湯屋を駆け回って遊ぶ仲ではないが、彼のために薬湯を作る時間が好きだった。もちろん、背中の傷を見ると胸が痛むが。

物思いに耽《ふけ》っていると、湯気とともに生薬の独特な匂《にお》いが鼻をくすぐった。

燕は、生薬を煮出した鍋《なべ》を見て火を止める。

長年薬湯師をやっている燕は香りを嗅《か》ぐだけで、薬湯の出来栄えがだいたい分かる。

これはかなりの上物だ。

鍋の持ち手を布で包んですぐ隣の部屋に運ぶ。ここは土間にすのこを敷いただけの場所で、燕が勤める宮の沐浴場《もくよくじょう》に当たる。

まだ昼下がりの明るい時間だったが、主人が足湯をしたいと言ったため燕が用意したのだ。

燕は鍋の中身を主人の足元にある大きな桶《おけ》に入れ、水を足して温度を調整する。

「悠《ゆう》太妃様、どうぞお入りくださいませ」

燕がそう言うと、椅子に座って待っていた四十中頃の年齢の女性が頷《うなず》いた。

まばらに白髪があるものの艶々しい髪を頭上にまとめ上げた女性は、悠太妃と呼ばれる先帝の妃《きさき》の一人。

侍女の桜鈴《おうりん》が悠太妃の赤紫の裳裾《もすそ》を膝の上までたくし上げ、悠太妃はゆっくりと足を薬湯に浸けた。

パシャリという静かな水音と、ふうと気持ちよさそうな息が悠太妃から漏《も》れる。

「お湯加減、いかがですか?」

「良い」

薬湯の気持ちよさで目を閉じ、唸《うな》るようにそう返答する悠太妃を見て、燕は満足げに微《ほほ》笑《え》む。

悠太妃は、先帝との間に息子を一人産んで四大妃の一角である賢妃《けんぴ》にまで上り詰めた方だ。はっきりとした顔立ちは凛《りん》とした美しさがあり肌の皺も薄く若々しい。

「本日は、特に風が冷たいようでしたので、花椒《かしょう》や生姜《しょうが》など、身体を温める生薬を中心に煎じました」

そうかと短く返事をした悠太妃の顔が程よく弛緩している。

悠太妃は口数が少なく、普段から必要最低限のことしか言わない。だが、その表情を見れば燕の薬湯に満足したことは分かる。

「すまなかったな」

突然、悠太妃が謝罪をこぼす。なんの謝罪か分からない燕は微《かす》かに首を傾《かし》げた。

「えっと、何かありましたでしょうか？」

「息子のことだ。勝手に後宮に連れてきて、無理やり私の侍女にさせられただろう」

本当に申し訳なさそうに言うので、燕は目を丸くさせた。

燕は、弘頼に攫われて後宮に放り込まれた。今目の前にいる悠太妃の侍女として。

弘頼は悠太妃の息子、つまり今は王として封ぜられた皇族だったのだ。

安いわけではない湯屋に七日に一度で通い、かつ全身浴を嗜《たしな》んでいるのでそれなりの身分の方だということは分かっていたが……。

弘頼に攫われて、後宮に入ってからすでに二十日が過ぎた。けれど未だに、その事実に慣れない。

「息子は私に似てどうも不器用でな……」

と疲れたように悠太妃が言うので燕は慌《あわ》てて首を横に振った。

「そのことでしたら、あの、私は助かっておりますので！　お気になさらないでくださいませ……！　それに弘頼様が連れてきてくださったからこそ、こうやって薬湯師として仕事ができるのですから……」

「だが……」

口数は少ないが、物事をはっきりと口にする悠太妃としては歯切れが悪い。

燕が黙って聞いていると、ようやくという感じで口を開いた。

「燕に弘頼の妻になるのだと思ったのではないか？」

「えーっと、それは、はい、実は少し思いましたけれど……」

燕は素直に白状した。燕は攫われた時、弘頼の妻になるのだと勝手に思っていた。何せ攫う折に、私のものだ宣言をしている。

だが実際は妻ではなく、弘頼の母である悠太妃の侍女。

弘頼は、燕の薬湯師の腕前に惚《ほ》れ込んで自分のものにすると言ったのだろう。

(でもよくよく考えたらそれも当然。私には、薬湯作りぐらいしか取り柄がないし)

むしろ一瞬でも期待した自分が恥《は》ずかしい。燕はそう思ってから改めて口を開く。

「薬湯師として認めてもらえたと思えば、喜ばしいです。それに弘頼様のお立場を考えたら、私が妻になどなれるはずがありません」

弘頼は皇族だ。その妻ならば、それに見合う身分が必要だろう。

「どうだろう。私達は厄介者《やっかいもの》だ。それにこのままではあやつはずっと独り身だ……」

悠太妃はそう言って、重いため息を吐き出す。

弘頼は皇族であるにも関わらず、齢二十二になってもなんと独り身である。正直にいうと前代未聞だ。今までの皇族の男子は十六歳ぐらいには妻を娶《めと》っているし、なんなら二十歳ぐらいで妾を二、三人囲っていてもおかしくない。

それが未だ独り身。理由は厄介者とこぼしたその言葉にある。

悠太妃とその息子弘頼は、宮中で厄介者扱いされている。

というのも、今の皇帝が即位する前、弘頼は継承争いにおいて有力候補に挙がっていた。つまりは、現皇帝と継承争いをしていたのだ。そして弘頼は敗れた。

敗れた理由は、呪いらしい。

弘頼は背中に大きな火傷を負った。しかも、七夕祭《たなばたまつ》りの祭事の最中、突然弘頼は苦しみだした。背中を熱がるので、服を脱がせたところ、そこには真っ赤な火傷が広がっていたという。

その場は式典の最中で、火が舞い上がったわけでも、熱湯をかけられたわけでもないのに、突然火傷をしたのだ。周りの者達はそれを見て呪いだと言った。

その日以来、弘頼は皇位継承の話も破棄され、呪われた皇子と遠巻きにされ、母である悠太妃とともに冷遇された。

「厄介者だなんて！　そんなことありません！　悠太妃様は素晴らしくていらっしゃいます！」

元気な声が会話に加わる。悠太妃の侍女、桜鈴だ。齢《よわい》は十九、身長が低く顔立ちも幼いため、実年齢より若く見える。そばかすのある頰《ほほ》を赤く染めて、不満そうに口をへの字に曲げた。

桜鈴は燕が来る前は悠太妃の唯一の侍女だった。悠太妃との付き合いは長く、心酔しているといってもいい。

悠太妃を慕っているからこそ厄介者とされていることに我慢がならないのだろう。

「まあ、こうやってひっそりと暮らせる今を私は結構気に入っているがね」

ふんふんと鼻息荒く怒る桜鈴に優しく微笑んだ悠太妃がそう言うと、チリンと鈴の音が鳴った。

門にぶら下げている呼び鈴だ。誰か来訪者が来たのだ。

「お客様ですね！　この桜鈴が見てまいります！」

桜鈴がそう言って駆けだそうとするのを悠太妃は止めた。

「いや、私の宮に来る者など無愛想な息子しかおらぬ。……燕、行ってくれないか」

「わ、私ですか？　えっと、この場にお連れすれば良いでしょうか？」

「いや、この場には連れてこなくていい。せっかくの薬湯、まだ堪能していたい。あやつは待たせておけ。どうせ目的な私ではないのだし」

「そ、そうなのですか？」

思わず燕は目を瞬かせた。

悠太妃の宮に来るからには、目的は実母への挨拶《あいさつ》しかないと思うのだが。

それに、燕が後宮に入ってまだ二十日ほどだけれど、その間、弘頼は三日を置かずに悠太妃に会いに来ている。

男子禁制の後宮に、だ。皇帝の許可を特別に得てはいるようだが、なかなかの頻度なので相当な孝行息子なのだと思っていた。

「そうだとも。燕が来るまではあまり寄り付かなかったくせにな。本当に分かりやすいことよ。……燕、しばらくあやつの相手をしてやってくれ」

「えっと、はい、分かりました」

なんとなく腑《ふ》に落ちないものを感じながら、燕は門へと向かった。

呼び鈴のある門を開けると、すらりとした背の高い男性の背中が見えた。

藍色の長袍と黄土色の外衣を着こなしている。あの神仙もかくやと思われる流麗な立ち姿は、間違いなく弘頼だ。

「弘頼様」

そう声をかけると、彼は振り返った。

振り返れば、誰もがうっとりするような美しい面立ちに会える、と思っていた燕は、赤と黒で彩色された猿面《さるめん》が出てきて思わずギョッとした。

弘頼の顔の鼻より上には、猿のお面がつけられていた。

仮面で隠れていない口元を綻ばせつつ、弘頼が「燕」と名を呼ぶので、燕はハッと我に返った。

(そうだっ弘頼様に、後宮ではずっと仮面を被っていらっしゃるんだった)

と、遅れて思い出す。

弘頼がずっと仮面を被っている理由を直接聞いたことはないが、噂によると呪いによって背中に突然火傷を負った弘頼は、これ以上呪いを受けないために破邪《はじゃ》の呪術をかけた猿面をつけているのだとかなんとか……。

噂でしかないので信憑性《しんぴょうせい》はあまりない。

「燕……?　どうかしたか?」

ついぼうっとしていたため、弘頼が心配そうに燕の顔を覗《のぞ》き込む。

「あ、いえ、すみません……!　あ、あの!　悠太妃様は、今足湯を楽しんでおられますので、しばらく待って欲しいとのことです。こちらへ」

そう言って、宮の片隅にある小さな東屋《あずまや》へ案内し、そこにある小さな円卓に座らせた。

慌ただしい手つきでお茶を淹《い》れて、茶菓子を用意する。

「座らないのか……？」

茶を用意した後、弘頼からそう尋ねられて燕は目を丸くした。

幼く、身分も知らぬ仲だった昔と今は違う。ただの一介の宮女である燕が、皇族と同じ卓につけるわけがない。

「だ、大丈夫です。滅相もありません」

慌てて首を横に振ると、弘頼は、仮面に覗く瞳を悲しそうに揺らした。

（いや、そんな捨てられた子犬みたいな顔をされましても……）

困惑する燕である。

しばらくなんとも言えない沈黙が流れたが、

「……元気にしているか」

と、弘頼がボソッとそうこぼした。

最初、あまりにも小さい声だったので、自分に尋ねていると考えず反応できなかったが、この場には燕しかいないことを思い出して慌てて口を開く。

「は、はい。弘頼様のおかげです」

それだけの会話をして再び無言の時間が訪れた。

弘頼のことは幼い頃から知っているし、付き合いも長いのだが、実はあまり会話が続いた試しはない。

会話が続いたなと思った時は、だいたい燕が薬湯についての蘊蓄《うんちく》をただただ語っているだけで、多分会話ではない。

「では……困ったことはあるか？」

会話は弾まないが、昔から弘頼はとても優しい質《たち》なのでこうやっていつも燕を気遣ってくれる。

（やっぱり弘頼様は優しい方……）

昔を思って懐かしみつつ燕は視線を上に向けて「困り事……」と、頭を巡らせた。

困り事、実のところあるといえば、ある。

しかし、これは後宮全体の問題なので、弘頼に言ってどうにかなるものなのかどうかが分からない。

そう思いながらも燕は恐る恐る口を開いた。

「実は……後宮内が少し臭いのです」

「臭い？　確かに、後宮に入った時、むわりとなんとも言えない匂いがしたかもしれない……」

「実は、先日、下働き用の大浴場の使用が禁止されたのです。それで後宮に働く者達が身体を清めるところに窮《きゅう》しておりまして……」

水資源が豊富な瑞国の後宮には、宮女や宦官《かんがん》が利用する大浴場がある。

その大浴場で下働きの者達は、最低でも三日に一度は身体を清めているのだけれど、その大浴場の利用が禁止された。

燕のような妃付きの侍女は、妃の宮に備え付けられている洗い場を利用できるが、そうではない者達は身体をきちんと清めるところがない。自身の寝所で、濡れた手巾《しゅきん》などで拭ってはいるようだが、それだけで汚れや体臭はなかなか落ちず……。

そんな日々が続くうちに、後宮内では次第に匂いが立ち込め始めていた。

「大浴場の使用の禁止？　何故《なぜ》だ？」

「皇后様のご命令です。節制令を発せられたのです。水を無駄に使いすぎていると言って、これ以上欲望に溺《おぼ》れるようならば災いが起こるとおっしゃって……」

燕個人としては、身体を清めるために水を使うことを無駄だとは思っていない。人が暮らすために必要な消費だ。

それに、大浴場には湯を溜められるような大きな風呂もあるが、普段は湯を張らない。湯を張るのは、年に数回行われる行事の時ぐらいだ。

それなのに無駄遣いと言われるのは正直納得いかない。

「災い……？　馬鹿馬鹿しい。皇后様は一体何を考えておいでなのだ……」

呆《あき》れたように、弘頼が言う。

馬鹿馬鹿しいと燕も思う。身を清めるための水をケチってなんになるというのか。だが……。


「ですが、実際に不可思議な出来事が相次いでいるらしいのです。噂では、湯に浸かった妃の肌が突然赤く爛《ただ》れたとか、湯に浸かるとピリピリと肌がひりつくような痛みが出たとか、髪の色が変わったとか。それで、本当に災いが起こったと言って、お妃様の中でも怯《おび》えてしまった方もいて、それ以外のお妃様達までも風呂を自粛《じしゅく》される方が出てきて……」

どんどん、加速度的に後宮内の空気が悪くなっている。

思わずため息をつくと、弘頼は顎《あご》に手を当てて考え込む仕草をした。

「沐浴で、災い？　そんな噂を聞いたこともないが……。しかし問題は、このまま後宮の匂いが強くなれば、少々潔癖《けっぺき》なきらいのある陛下はおそらく後宮に御渡りにならなくなる……」

「実は、すでに陛下は後宮にここずっといらしておられません……」

ぶつぶつ呟《つぶや》く弘頼の言葉に続いて、燕が補足を入れる。その言葉に、ハッと顔を上げた弘頼が愕然《がくぜん》とした表情を見せた。

「陛下が後宮に御渡りにならない？　それはダメだろう！」

弘頼としては珍しく声が大きいので、思わず燕は肩をびくりと揺らして目を丸くした。

「あ、すまない。突然、大声をあげてしまった」

いつもの気の優しい弘頼に戻って、慌てたように謝罪する。

燕もホッとして、いえいえ大丈夫ですなどと答えたが、未だに先ほどの驚きが残っている。

いつもどこか泰然《たいぜん》としていて、落ち着いている弘頼がこんなに大声をあげるのを見るのは、初めてだった。

(皇帝が後宮に渡らないということは、それほど大変な問題なのですね……)

弘頼を改めて見ると、彼はやはり苦々しい顔で「陛下は一体なんのおつもりなのだ。後宮に御渡りにならないなど。それでは、御世継ぎが……。早く御世継ぎができてくれないと、私が……」とまだぶつぶつと呟いている。

顔の上部につけた仮面のせいで、弘頼の表情が全て見えるわけではないが、彼が困っているのが手にとるように分かる。

助けてあげたい。力になりたい。でも、どうすればいいのか分からない。

(こういう時、いつも思う。私って本当に無力だって……)

幼馴染みの胡蝶がそばにいたら、落ち込む弘頼の背をバシンと叩《たた》いて活を入れてくれるかもしれない。游星がいたら、豪快に笑って悩みまで一緒に笑い飛ばしてくれそうだ。

でも、燕は小さい頃から凡庸《ぼんよう》で、何もない。

唯一できることといったら……。

「あの、弘頼様、薬湯に入りませんか?」

燕がそう提案すると、弘頼はぽかんとした顔になった。

燕が誰かのためにできると思える唯一の取り柄は、薬湯を作ること。それしかない。

燕はすぐに桶と足を拭う布、水差しを用意した。

悠太妃に言って鍋を借り、新たに生薬を煎じると、弘頼の元へと戻ってきた。

湯気の立った薬草の煎じ汁と水を混ぜ、適温に調整する。

それをそばで見ていた弘頼が口を開いた。

「これは、ヨモギか。……懐かしい匂いだ」

しみじみとそうこぼす。

懐かしいと言ってくれたことが燕は嬉しく、思わず顔が綻んだ。

「はい。ヨモギでございます。後宮でたくさん生えておりましたので、自分で摘んで乾燥させたものです。……さあ、どうぞ、準備ができましてございます」

大きな桶には適温となった茶色のヨモギ湯。それだけでは寂しいので、明るい赤紫色の蓮華《れんげ》の花びらを散らした。

燕は弘頼の靴下を脱がせて、足先を桶の中へと誘導する。

茶色の水面が揺れ、弘頼の膝から少し下のあたりまで湯に浸かった。

「ああ、気持ちがよい。燕の薬湯は、やはりいい」

目を閉じて、ヨモギの足湯を堪能している様子の弘頼に燕は微笑んだ。

「覚えていらっしゃるか分かりませんが、私が弘頼様に初めて入れた薬湯は、このヨモギ湯でした」

そう語りながら、昔のことを思い出した。

弘頼、游星、胡蝶。三人が遊びに来てくれることを今か今かと待つ毎日。

燕の父は、基本的には寡黙《かもく》で職人気質《かたぎ》。薬湯に人生を捧げており、まだ五歳の燕にもそれを強《し》いた。毎日の薬湯修業は厳しく、日々薬湯に関する書物を書き写し、暗唱し、間違えればすぐに鞭《むち》で打たれた。生薬を煮る火加減、相手を診《み》てどんな生薬を選べばいいか、相手のどこを診ればいいか。

『お前には才能がある！　薬湯の才能が！』

目の色を変えて燕にそう言い聞かせる父親の修業は、幼子には苛烈《かれつ》だった。しかし、幼くして母親のいない燕にとって、父は絶対だ。逆らうこともできず、逆らおうなんて考えすら浮かばない。ただただ愚鈍に父の修業に耐えていた。

ある日、弘頼に燕の二の腕の鞭でぶたれた痕を見られた。優しい弘頼は顔を真っ青にしてどうしたのかと聞いてくれた。

『薬湯の修業で父さんに……。でも、これは父さんが私に期待しているだけだから』

そういうと、弘頼の瞳が翳《かげ》った。

弘頼はもともと少し影のある子どもだった。笑っていても心の底では笑ってないような、少し大人びたところがあった。

『大人はずるい。勝手に期待して……気持ちが悪い』

弘頼は喉《のど》から絞り出すようにそう言った。幼い燕には弘頼が何を言いたいのか、いまいちよく分からなかった。でも、あまりにも弘頼が辛そうな顔をするから、いてもたってもいられなくなって……。

『私の……薬湯に入ってみる？』

燕はそう口にしていた。

燕は、弘頼と游星、胡蝶には部屋で待っているように伝えると、竈《かまど》のある場所に行って火をつけた。

大きな鍋で、湯屋の中庭に茂っていたヨモギを摘んで煎じる。

手順は分かっていた。父に厳しく教えられていたからだ。だから、簡単にできると思った。だが、ヨモギを煮出している間、ずっと不安だった。

薬湯を作る時に一番難しいのが、火加減だ。生薬は煮出しすぎも、煮足りないのも、どちらもいけない。

ちょうど良いところ、というのが必ずある。

今までの薬湯師の修業で『ちょうど良い』ところを分かっているつもりだったのに、いざ火にかけた鍋を前にすると、頭が真っ白になった。

いつになったら、どうなったら、ちょうど良いのだろう。

「もちろん、覚えている。……すごいと思った。自分よりも幼い子供が大人からの期待を誇りに変えて取り組む姿が、眩《まぶ》しく映った」

懐かしみながら、弘頼がそう言った。

燕も懐かしくなって目を細める。

あの時、鍋に顔をくっつけんばかりにしてヨモギを煎じ、ガチガチに緊張していた燕に弘頼が声をかけに来てくれた。

『どうして薬湯を作るの？　嫌なら嫌と言えばいいのに』

気遣うように弘頼がそう言った。

『薬湯を入れたくなったの。だって、私、それぐらいしかできない』

辛そうな弘頼のために何ができるかといえば、燕にはそれしか浮かばなかった。

『そんなことないと思うけど、でも、燕の薬湯……すごく楽しみ』

本当にそれだけの単純な言葉。きっと弘頼にとってはなんてことない言葉だったはず。

でも、あの時の燕にとってはとても特別な言葉になった。

ふっと無駄な肩の力が抜けた気がした。

間違いのない完璧な薬湯を作ろうと緊張しすぎていた身体がほぐれ、弘頼の言葉で薬湯の真髄《しんずい》を悟った。

燕が作りたいのは、完璧で間違いのない薬湯ではない。

その薬湯に浸かる誰かが、楽しみ癒やされるための薬湯だ。

今まで父に言われて作業的に行うだけだった薬湯作りに、感情が付随する。

「あの時のヨモギ湯は、今思い出してもなかなかの会心の出来でした。……弘頼様のおかげです」

「私の？　いや、燕の日々の鍛錬のおかげだろう」

と、弘頼は笑うが、あれは本当に弘頼のおかげなのだ。燕はそう思う。

あの時のことは、今でも忘れられない。

いつも影を帯びた弘頼が、燕の薬湯で作った足湯に足を浸けた途端に、驚いたように目を丸くさせた。そして燕を見るなり、今まで見たこともないような笑みを浮かべたのだ。

薬湯には誰かを笑顔にさせる力がある。なんの取り柄もなく、愚鈍な燕でも。

あの日から、燕の薬湯への思いは、義務ではなく希望になった。

「あの頃の私は弘頼様達と一緒にいるのも不釣り合いな気がして、少し気後れしていました」

語りだした燕に、弘頼が目を見張る。

「そうなのか……？」

「はい。皆様、素敵な方でしたから……。今思えば、皆様皇族の方々だったのですよね。納得です。お二人は今は？」

「游星兄上と胡蝶は……元気にしている」

とだけ、何故かあまり気乗りしない感じで弘頼が答える。話を深掘りして欲しくなさそうなのを無理やり聞くわけにもいかないと、燕は口を開いた。

「そうですか。お二人もお元気なようで良かったです。三人とも私にとって憧れのような存在で……」

特に弘頼は特別だった。初めて会った時からずっと。いつも悲しげな弘頼のために何かしてあげたくて、燕は薬湯と向き合った。

しかし、もうこの気持ちには蓋《ふた》をしなくてはならない。いろいろな思いを呑《の》み込んでから、燕は口を開く。

「そんな皆様に追いつきたくて、薬湯の修業に真摯《しんし》に向き合うようになりました。そうすれば、何もない私でも、まばゆい光のような皆様のそばに、堂々といられる気がして」

あの頃のことを改めて口にする。苦い記憶を言葉にして吐き出してみたら、少しだけ気持ちが軽くなってきた。

「そんなことを……意外だ。燕はいつもまっすぐで素直で、燕には誰も逆らえなかった……」

と弘頼が目を丸くしてもごもご言うので、思わず燕はぷっと吹き出すように笑った。

「誰も逆らえないって！　弘頼様もご冗談をおっしゃるのですね」

「いや、だが私達が揉《も》めた時とか、游星兄上が暴走して胡蝶でも抑えることができなかった時、最終的に止めるのは燕だったと思うが」

「そんなの！　私が一番の年少だからですよ！　小さな女の子が懇願《こんがん》したら、お優しいお兄様方が大人しくなるのも当然です」

「いや、胡蝶はともかく游星はそんなので止まる柄でもないのだが……」

と、まだ何か言っているが燕は笑って流した。弘頼が冗談を言うのが珍しく、それがとてもおかしい。

「それで、弘頼様、私はちょっともやもやしたものを吐き出してすっきりしましたよ。弘頼様はどうですか？」

「どう、とは……」

「ヨモギには、悪いものを外に出す働きがあります。弘頼様は、とてもお優しいから、なんでも内に溜め込んでしまう。でも悪いものは吐き出さないと、ずっと溜まり続けるだけ。

ヨモギに誘われてたまには出してみませんか？」

弘頼は目を見開いてからくすりと笑う。

「……なるほど、それでヨモギ湯だったのか。燕らしい」

そう言って、弘頼は顔につけていた猿の面を外した。はらりと前髪が揺れて、その下に久しぶりに見る弘頼の整った顔。それが燕の方に向いた。

「私の顔を、どう思う？」

切なげに問いかけられて、燕は思わず頭に血が上るのを感じた。

なんといっても弘頼の顔がこれ以上にないくらい整っているのだ。

「あ、相変わらず、す、すごく……美しいです」

熱に浮かされ、正直に感想を述べると弘頼は目を見開いた。

「あ、それは……ありがとう」

弘頼も照れたように微かに頰を赤らめて俯《うつむ》いた。どうやら、燕の返答は、弘頼が予期していたものと違っていたらしい。

ではなんと言えば良かったのかと燕が考えていると、弘頼がまた口を開いた。

「……そういえば、初めて会った時も燕はそう言ってくれたな」

懐かしげにそう語る。燕もつられて昔を思い出した。

初めて弘頼を見た時、驚いた。神仙が舞い降りたのかと思うほどに整った顔立ちには、どこか人生に諦めのある大人びた憂《うれ》いが浮かんでいる。そんな弘頼の歪《いびつ》な美しさに、燕は思わず抱きしめたくなった。とはいえ、抱きしめるわけにもいかず、もじもじとしながら『すごく綺麗。でもうちの薬湯に浸かったらもっと元気な感じになるかも』などと言った気がする。

「実はこの顔は、名君と呼ばれた曾祖父の顔に似ているのだ。私が生まれた時、何処《いずこ》かの易者が、私はその曾祖父の生まれ変わりだと言ったらしい。母の身分的にも私が帝位などあり得ないのに、成長するにつれ私の顔が曾祖父に似てくると、周りが勝手に騒ぎだした。すでに皇太子として決まっていた兄上を差し置いて、私を皇帝にと押し上げる勢力ができて……」

と苦々しく語る。その様があまりにも辛そうなので、燕は思わず項垂《うなだ》れる弘頼の肩に手を置いた。

侍女が勝手に貴人に触れるなど、本来あってはならないこと。分かっているが、幼馴染みが辛そうにしているのをそのままにしておけない。

はっと顔を上げた弘頼だったが、燕と瞳を交じわせ、そっと自分の手を燕の手と重ねた。

触れたところから熱が生まれる。

抱きしめてあげたいと燕は思った。でもそれはできない。ならせめて薬湯浸けにしたい。彼の憂いを晴らせる方法を、燕はそれしか知らない。

「ありがとう。燕……今はもう問題ないのだ。背中に火傷を負って、皇帝には相応しくないのだとやっと周りが分かってくれた。この仮面は、念のためだ。曾祖父に似た顔で宮中を歩いてまた変な輩《やから》が邪《よこしま》な思いを抱かぬようにと、被っている」

そう言って、弘頼は仮面を被り直した。

優しい人だと燕は思った。幼い頃から変わらない。そういうところが、昔から……。

そう思ってしまって、ずっと蓋をしていた気持ちが溢れ出しそうになるのを、燕は慌てて止めた。

「……私が妻を迎えないのも同じ理由だ。万が一、私の方に先に子が産まれたら……またいらぬ諍《いさか》いを生むかもしれない。だから、陛下には早く御世継ぎをお作りになって、治世を盤石《ばんじゃく》にしてもらいたいのだ」

弘頼の話を聞いて、燕は色々と納得した。

弘頼の年で、一人も妻を迎えていないこと、そして皇帝が後宮へ渡らない事実に焦《あせ》りを見せたこと。それらは全て、いらぬ争いを生まぬためなのだ。

燕は床に置かれた桶のヨモギ湯を見た。

草の青々しい香りと甘さを放つヨモギ湯の香りを嗅ぐと、いつも弘頼を思い出す。

初めて一人でヨモギ湯を入れた時、声をかけてくれた弘頼。あの時の言葉で、燕は薬湯を好きになれた。誰かのために薬湯を入れる喜びを知った。

（今も、ヨモギ湯を作る時が一番楽しい。……きっと、弘頼様を思い出すから）
今でも、燕が一番好きな薬湯はヨモギ湯だ。
燕はヨモギの香りの中で、感傷に浸る。
その間、隣に座る弘頼が愛しげな眼差しで燕を見ていることなど気づきもせずに。

第二章

「あの、少々、内庭を散策しに参りたいのですが、よろしいですか」

「散策？」

朝餉《あさげ》を終えてくつろいでいた様子の悠《ゆう》太妃に、燕《えん》は緊張しながらそう申し入れた。

今は朝餉を終えて、もろもろの片付けが落ち着いた頃合い。外は麗《うら》らかな陽差しに満ちている。薬草摘みにはちょうど良い暖かさだ。

「はい。内庭の草木については、とりつくさなければ採取してもよいとご許可をいただきましたので……！　それで早速見て回りたいのです」

「草なんて手に入れて、どうするの？」

そう興味深そうに声をかけてきたのは、悠太妃の爪の手入れをしていた桜鈴《おうりん》だ。

「薬湯にします。薬草がたくさん手に入れば、たくさんの人を薬湯浸けにできます」

と燕が笑顔で言うと、桜鈴は「言い方がなんか怖い」と突っ込む。

「散策か。よいな。私もともに参ろう」

と、悠太妃が楽しげに声をあげた。

主の希望なら否やはないとばかりに桜鈴は、はい！　と飛び上がって返事をして出かける準備にかかると、悠太妃と三人で散策のために宮を出た。

後宮は広く、そして植生も豊か。季節は今まさに春になろうかというところで、様々な草木が春の訪れを前に萌え出ている。

つまり、燕にとっては薬湯に使えるお宝がそこかしこに転がっている状態だった。

ヨモギ、ドクダミ、松の葉、椿《つばき》の葉、びわの葉。

目を輝かせてひたすらに薬草を摘み取り、薬木の葉を切り取っていると、持ち出していた袋がいっぱいになってしまった。

「結構とりましたねぇ。これが薬湯になるなんて信じられないです。ただの雑草なのに」

思いの外に薬草摘みが楽しかったのか、桜鈴は声を弾ませた。

「そうだな。気持ちのよい気候であるし、なかなかに愉快」

桜鈴の楽しそうな表情につられるように悠太妃も微笑んだ。

荷物もいっぱいになったし、そろそろ戻ろうかとそう思った時だった。

「お前、燕じゃないの⁉」

強い語調で名を呼ばれて、燕は顔を上げた。そして目の前には、長い髪を頭上に束ねて蝶の髪飾りをあしらい、桃色の上等な衣を着た人物が、二人ほどの宮女を引き連れてそこにいた。

「玉玲《ぎょくれい》様……」

燕は驚きで目を見張りながらその名を呼ぶ。

楊《よう》玉玲、燕の養父である叔父夫婦の自慢の一人娘だ。燕の二つ年下の従妹《いとこ》ではあるがあまり仲は良くない。叔父ともども湯屋で働く者達のことを自分の思い通りにできる召し使いか何かだと思っている節があり、顔を合わせれば一方的に罵倒《ばとう》されるだけの関係性だ。

（ああ！　すっかり忘れていたけれど、そういえば玉玲様も後宮にいたんだった！）

玉玲は、燕より一年以上前から妃として後宮に入っている。

「軽々しく名を呼ばないで。私は妃の一人よ。しかも中級妃。入内《じゅだい》した妃の全てが下級妃から始めるという慣例を破り、最初から中級妃に選ばれたのよ」

つんと顎を上に反らし、蔑《さげす》みの目を燕に向けたまま見下すようにそう言った。

あまりにも相変わらずな態度に、燕はむしろ安心感を覚えたほどだ。後宮という女の戦場で揉まれてなお変わらずにいられるのだからすごい。

「そういえば私聞いたわよ。父と母がせっかく用意した婚礼の場をお前が台無しにしたのでしょう？　よくもぬけぬけとその間抜け面で私の前に出られたわね」

すごい剣幕でそう捲《まく》し立てて睨《にら》みつけた。

「それにしてもなんでお前がここに？　それに侍女服？」

眉根《まゆね》を寄せてそう言うと、ジロジロと燕の全身を見て、何か思いついたのか両の眉が上がる。

「分かったわ！　お前、男に捨てられたのね⁉」

口角を上げ、実に楽しそうに玉玲は言った。

「え、捨てられ……？」

何を言われたのか分からず目をぱちくりさせながら燕は繰り返したが、玉玲はニマニマと笑って口を開いた。

「あーおかしい！　結婚を邪魔した男に売られて宮女に落とされたのでしょう⁉　惨《みじ》めねえ！　でもお前らしいわ！　本当に！　惨めでっ！」

そう言って心底おかしそうに高笑いをし始めた。婚姻式の際に攫ってくれた弘頼《こうらい》に捨てられたと思っているらしい。

「いえ、違います。売られたわけではなく……」

「なんの騒ぎだ」

力強く、洗練された声色がその場に響き渡る。

声のした方を見れば、険《けわ》しい顔つきをした悠太妃。そして不安そうに後ろに控える桜鈴がいた。

突然話しかけられて、最初こそ虚をつかれたような顔をした玉玲だったが、そこにいるのが悠太妃と気づいてにやりと意地の悪い笑みを浮かべた。

「あらあら。どなたかと思いましたら、あのぼろ屋敷に住まう幽霊妃様ではありませんか」

明らかな蔑みを含む声で玉玲は言う。

（幽霊妃……？）

初めて聞いた言葉に思わず燕は眉を上げた。

「あ、玉玲様、こちらのお方は幽霊妃ではなくて、悠太妃様ですよ」

こそこそっと燕は親切心で玉玲に教えてあげた。名前を間違えて恥ずかしい思いをするのは玉玲だ。彼女とは今まで色々あったが、だからといって恥をかきそうになっている従妹をこのまま黙って見過ごすことなどできない。

しかしその燕の親切心は、玉玲にとっては鬱陶《うっとう》しかったらしい。顔を顰《しか》めた。

「は？　そんなの知ってるわよ！　わざと言ったのよ！　わ、ざ、と!!　呪われ皇子の母なんていう気味の悪い存在を嘲《あざけ》ってるのよ!!」

「……え？　わざと？」

燕は目を丸くした。燕にはわざわざそんなことをする意味がよく分からない。

そこでふと、燕は叔父との会話を思い出した。燕は叔父に育てられていないというのに、叔父は燕を育て上げたつもりになっていた。まさか……。

「ぎょ、玉玲様も、頭に何かご病気を……⁉　まあ、どうしたことでしょう。叔父様と一緒……！　そうですね、やはりこういう時は、薬湯。薬湯浸けにしたら、もしかすると……！」

全力の親切心で燕はそう言った。燕は無力で凡庸。だけど、薬湯の腕だけはある。薬湯に対する絶対的な信頼感。今までも何か問題があった時、燕は薬湯に助けられてきた。きっとこのどうしようもない玉玲もどうにかしてくれる！　そう思って提案したが、

「お、お前っ！　この私を、馬鹿にしてるの⁉」

玉玲はますます切れた。

「玉玲妃様に対してなんと無礼な！」

そう声を荒げたのは、玉玲の後ろに控えていた侍女の一人だ。

「えっ、無礼……？　いえ、私はただ、玉玲様のことを心配して……」

と言いながら狼狽《うろた》える燕《つばめ》。なんだかすごく玉玲らが怒っていることだけは分かった。

戸惑っていると、玉玲の後ろにいるもう一人の侍女が視界に入って思わず目を丸くした。

（あの子は、いつも玉玲様のそばにいた子だ……）

湯屋の頃の顔見知りだった。名前は、確か滋静《じせい》。

玉玲が燕にちょっかいをかける時もいつも隣にいて、燕を気の毒そうに見ていたからよく覚えている。

今も、どこか居心地悪そうにそこにいる。

玉玲が後宮に上がる時に一緒に連れていったという話を、そういえば以前聞いたかもしれない。

「玉玲妃、ここにいたのですね！」

また別の女人の声がした。見れば赤黄色の宮女服を着た女人が三人ほど、慌てた様子でこちらに駆けてきている。しかもかなり服の仕立てがいい。相当位の高い妃に仕える宮女であることが見て取れた。

その宮女達はまっすぐ玉玲のところに来たので、用は彼女にあったようだ。

「まあ、陳徳妃《ちんとくひ》様のところの宮女ではありませんか」

弾むような声で玉玲がそう言ったため、彼女達が後宮の四大妃の一人である徳妃の侍女なのだと分かった。

後宮の妃達には、階級が存在する。後宮の頂点は、皇太后や皇后であるが、その下に続くのが、貴妃、淑妃《しゅくひ》、徳妃、賢妃という四大妃だ。その下に中級妃と呼ばれる妃と下級妃が続く。

「どうしたのですか？　もしかして陳徳妃様が、先ほどの私からの贈り物に満足して早速お礼を？」

玉玲は少しはしゃいだ様子でそう口にしたが、宮女達はいかめしい顔をした。

「お礼などあるわけないでしょう！　先ほど、玉玲妃からの贈り物に触れた陳徳妃様がどうなったか、知らないとは言わせませんよ！　恐れ多くも陛下の寵愛深い陳徳妃に毒を盛るなんて！」

「え⁉　毒⁉」

宮女に息もつかせぬ勢いで捲し立てられた言葉に、玉玲は心底驚いた様子で声を出した。

「いいから来なさい！　陳徳妃様がお呼びです！」

「ちょっと、ちょっと待って！　話が見えないわ！　私はただ、陳徳妃様のために鶯《うぐいす》を差し上げただけ！　毒なんて！　なんのこと⁉」

玉玲は怯えた様子でそう口にしたが、宮女達の態度は変わらなかった。

「いいから、陳徳妃様のところに来なさい！　お前のせいで手の甲が突然赤くなって……！　陳徳妃様にこのようなことをしたからには命はないと思いなさい！」

「だから違うわ！　私は何もしてない！　毒なんて‼」

「湯から上がった陳徳妃様が、庭先に下りてお前からの贈り物である鶯の入った鳥籠《とりかご》に触れようとしたら、手の甲が真っ赤になったのよ！　これが毒じゃなくてなんだというの⁉　あれは鶯に似せてはいるけれど、幻の毒鳥の鴆《チン》なのでしょう⁉」

宮女の話を聞いて、燕は目を丸くした。

幻の毒鳥鴆。物語で伝え聞くだけの猛毒を持つ鳥だ。その毒は無味無臭にて強力。口にするだけでなく、その鳥の周囲にも毒気を振りまくといわれている。

「鴆なんて！　あり得ないわ！」

玉玲はそう言って抵抗するが、三人の宮女達は無理やりにでも引っ張っていこうとしている。

玉玲の宮女達はどうすればいいのか分からずといった様子で固まっていたが、

「お前達、落ち着きなさい」

その場で深い声が響いた。悠太妃だ。

その声で、玉玲にしか目がいってなかった陳徳妃付きの宮女が、初めてほかにも人がいたことを認めたようだ。

怪訝《けげん》そうな顔をして口を開く。

「これは悠太妃様。ご挨拶申し上げます。しかしこれは悠太妃様とは関係のないこと。口出し無用です」

「後宮内に毒鳥など、このまま見過ごすことはできぬ。一体何があったのだ？」

悠太妃の言葉に、陳徳妃の宮女達はどうするべきかと目配せし合ったあと、代表者らしい一人が恭《うやうや》しくお辞儀をしてから口を開いた。

「先ほども申しましたが、陳徳妃様の手の甲が突然赤く腫《は》れて……」

と、陳徳妃の宮女らは説明を始めた。

つい先ほど玉玲は陳徳妃のために鴬を一羽献上しに行ったらしい。

しかしその時は折悪く、陳徳妃は全身浴を楽しんでいた。

そのため、玉玲は献上品である鴬の入った鳥籠を庭の木に吊り下げて帰ったのだ。

そしてその後、風呂から上がった陳徳妃が庭先に出て献上品の鶯に触れようと手を伸ばした途端、手の甲がピリピリと痛みだし赤く爛れた。

それを見た宮女達は、この鳥は鶯などではなく鴆なのではないかと指摘。

陳徳妃は玉の肌を傷つけられていたくご立腹され、玉玲を捕まえてくるように仰せになり三人の宮女が玉玲を捕らえに来た、ということらしい。

それらの話を全て聞いた悠太妃は、訝《いぶか》しげに眉根を寄せた。

「もしその鳥が、鴆だとしたら何故陳徳妃の手だけが赤くなったのだ。鶯を持ってきた玉玲妃が無傷なのは？　それに鳥籠を受け取った宮女に何もないのもおかしいのではないか」

悠太妃がそう言うと、三人の宮女達は気まずそうに顔を顰めた。

「ですが、鳥に近づいた陳徳妃の手が突然赤くなったのは事実！　あれが毒鳥でなければどういうことなのですか！」

「それは……私にも分からぬが、だが、毒鳥と決めるのはいささか早計に思える」

悠太妃がそう言うと、横で話を聞いていた玉玲が前に出た。

「そう、そうだわ！　あれが毒鳥なものですか！」

「ではどうして手の甲が赤くなったのです⁉」

と陳徳妃の侍女が睨みながら言うと、玉玲は視線をさまよわせた。そして悠太妃を見てからハッと眉を上げた。

「きっと悠太妃の呪いよ！　現帝への恨みを晴らすために寵愛深い陳徳妃様を呪おうとしたのだわ！」

「の、呪い⁉」

話が思ってもみない方向に転がり、その場にいた者の目が見開いた。

ただ一人、玉玲だけはそうに違いないとでも言いたげな自信に満ちた顔をして口を開く。

「現に、悠太妃の皇子は呪われ皇子ではありませんか！　それが何よりの証左でございましょう！　第一、私が敬愛する陳徳妃様に危害を加えるわけがないわ！　その点、悠太妃には動機がたっぷりある。現皇帝陛下に対する恨みがありますからね！」

腕を組んで、そうのたまうと微笑んだ。もうこれが真相だと言いたげに。

「ちょっと！　あなたのことを庇《かば》おうとされた悠太妃様に対してなんて無礼なの！」

そう声を荒げたのは、悠太妃に長年仕える桜鈴。突然、主人を貶《おとし》められて怒りに燃えた目で睨みつけるも、玉玲はどこ吹く風とばかりで鼻で笑う。

燕も黙っていられず口を開いた。

「玉玲様、悠太妃様は、人を呪うような方ではありません……」

悠太妃と過ごしてきた今までの日々は至って穏やかだった。誰かを憎み、毒を仕掛けるような人ではない。

どうすればそのことを玉玲にも分かってもらえるのか。いや、答えは一つしかない。薬湯だ。薬湯浸けにすれば玉玲もきっと分かってくれる。そう思って声をあげようとすると……。

「とりあえず、このままではらちがあきません。悠太妃様も、一緒にご同行よろしいでしょうか。申し開きは陳徳妃様の前で」

宮女の一人がそう言った。どちらのせいなのか、自分では判断できないので玉玲と悠太妃両方を連れていくつもりのようだ。

悠太妃は小さくため息をついたあと、仕方ないと言って大人しくついていくことになった。

宮女達についていき、朱雀宮《すざくきゅう》と呼ばれる陳徳妃の宮に着いた。

朱雀宮は、後宮の南側中央に位置している。

大きな平屋の屋敷の柱は丁寧に朱色で塗り込められ、瓦《かわら》は輝かんばかりの黒。

軒や棟などのところどころに金色で瑞鳥《ずいちょう》の朱雀紋様が描かれている荘厳な屋敷だ。派手ではあるが下品なわけではなく、ただただ美しい。

普段、なんの飾り気もない悠太妃の宮で仕事をしている燕には、その宮殿の雰囲気に圧倒されてしまう。

宮の中に入るのかと思えば、屋敷の外で待たされることになった。

燕は呆然と朱雀宮を見上げ、桜鈴はそわそわと落ち着かない様子だが、主人である悠太妃は泰然とした様子で背筋をまっすぐ伸ばして佇《たたず》む。

一方玉玲はというと、苛々《いらいら》した様子を隠そうともせず、時折舌打ちなどをしていた。

「遅い！　妃一人連れてくるのに、どれだけかかっているの⁉」

外で待っている間に、屋敷の中から怒声が聞こえてきた。

続いて、申し訳ありませんと謝罪する女達の声が続く。

その声は、ここまで連れてきていた宮女達だ。ということは先ほどの怒声は陳徳妃のものだろうか。時間がかかったことを怒っているらしい。

怒声の迫力に、先ほどまで不機嫌な態度を崩さなかった玉玲までもがハッと顔を上げて固まっている。

そうこうするうちに、屋敷から数名の宮女を引き連れてやってくる者がいた。

おそらく彼女こそが四人の上級妃の一人、陳徳妃。

朱色の衣には金糸で朱雀という幻鳥が刺繡《ししゅう》されている。太陽が真上に昇った晴れの日というのもあって、陽の光がその金糸に反射して、歩くたびにキラキラと火花が散るかの如くに輝く。

頭上には朱雀を模した大きな冠をいただき、そこから流れる少し赤みがかった髪の美しさたるや、思わず魅入ってしまうほど。そして小さな顔の中には、生命力に溢れた今にも燃えだしそうな紅《あか》い瞳。薄い眉を怒らせて、こちらを睨んでくるその眼差しの苛烈さに、思わず息を呑んだ。

この場にいる者の視線を一身に集めた陳徳妃は、玉玲の前で立ち止まった。

「玉玲妃、お前、この私の肌を傷つけた罪、重いわよ！　楽に死ねるとは思わないことね！」

その声は、怒りに震えていた。

「ち、違います！　先ほども説明しましたが、私ではないのです！　この悠太妃の呪いなのです！」

玉玲は地面に頭をなすりつける勢いでひざまずくと、そう口上した。

「ち、違います！　悠太妃様はそのようなことをなさいません！」

燕が慌ててそう口を挟むと、遅れて桜鈴もがくがくと頷いた。

燕と桜鈴の訴えに、玉玲にしか目がいってなかった陳徳妃の顔がこちらに向く。

「悠太妃様の呪い……？」

訝しげにそう言うと、ひたと悠太妃を見た。

一瞬の無言。少しして陳徳妃の宮女の一人が、陳徳妃の耳元に顔を寄せて何事か囁《ささや》いた。視線をまっすぐ悠太妃に向けたまま、陳徳妃は宮女の話を静かに聞いていたが、しばらくして視線を玉玲に向けた。

「私の肌が突然荒れたのは、鴆の毒ではなく、悠太妃様の呪いだと？」

「そうなのです！　その証拠に、その鳥籠に触れたのは陳徳妃様だけではありません。それなのに、被害にあわれたのは陳徳妃様だけ。つまりは、その鳥は鴆ではなく、何らかの呪いによって陳徳妃様にだけ危害を及ぼすように仕掛けられていたのです！」

先ほど、悠太妃が庇ってくれた時と同じ台詞《せりふ》をあたかも自分で考えたかのように玉玲は口にする。

「毒鳥ではないその証拠は？」

陳徳妃がそう言うと、玉玲は自分の後ろに控えていた侍女の一人を見た。昔から湯屋にいた、例の侍女、滋静だ。

「お前、あれが鴆ではないと証明してきなさい」

玉玲の指示に、滋静は何を言われているのか分からなかったのか、間の抜けた顔をした。

すると、玉玲はイラついたように口を開く。

「だから、あの鳥に触れてきなさいって言っているのよ！」

玉玲はそう言って、庭の木にかけられていた鳥籠を指さした。

「え……」

戸惑う滋静だが、玉玲の鋭い眼差しは緩まない。早く行けと睨みつける。

どうやら、毒鳥鴆ではないことを証明するために滋静に触らせようとしているらしい。

毒鳥ではないと思ってはいても、実際に誰かが怪我をしたあとでその鳥に触れるのは恐ろしいのだろう。顔色が悪い。だが、侍女が主人である玉玲に逆らう術《すべ》がない。それこそ、首を斬《き》られて死んでしまいかねないのだ。滋静は震える声で「はい」とだけ呟くと立ち上がった。

びくついた足取りで、鳥籠のあるところまで行くと、恐る恐るという具合で手を伸ばす。

そして、鳥籠の中に手を入れ、鳥に触れた。

固唾《かたず》を呑んで見守る中、しばらくして滋静が手を引っ込めた。

緊張した面持ちで、鳥に触れた手を見つめそしてこちらに身体ごと向ける。

「な、何も、何もありませんでした。この鳥はただの鶯で、鴆などではありません」

震える声でそう言うと、「そうでしょう!」と嬉しそうな玉玲の声があがる。

「あれは鴆などではないのです!」

「……なるほど、あれが鴆でないことは分かったわ。呪いだと言ったわね?」

「はい! 悠太妃が呪いをかけて」

「玉玲妃、お前が呪いをかけていない証拠は?」

思ってもみないことを言われたのか、玉玲の目が見開いた。

「そんな! 陳徳妃様、この私をお疑いになるのですか⁉ 考えてもみてください、悠太妃はあの呪われ皇子の母親ですよ⁉ 現帝であられる陛下に対しても強い恨みがあります！　その陛下が寵愛する陳徳妃様を害する動機は十分かと！」

呪われ皇子という蔑称《べっしょう》に、燕の胸がチクリと痛んだ。呪われ皇子というのは、弘頼のことだ。彼は陰でそう呼ばれ、遠ざけられている。

そんな不当な扱いを受けるような人ではないというのに。

だが、『呪われ皇子』という名は、後宮にいる者達にとって効果絶大だったようだ。

宮女達や、陳徳妃までもが思案げに悠太妃を見た。そして追い打ちをかけるかのように、玉玲がさらに口を開く。

「実は、陳徳妃様にお会いする前に、悠太妃の侍女、この燕という女と接触がありました。道端で倒れているその女を心配して声をかけたのですが、おそらくその際に呪いをかけられたのではないかと思うのです……。親切にしたのが仇《あだ》となるなんて……」

よよよ、と今にもくずおれそうに涙を流し始めた。

燕は突然の嘘《うそ》に目を丸くする。薬湯浸けにするのが、一歩遅かった。

「ち、違います！　私は……！」

慌てて燕がそう否定するが、

「ええい、黙りなさい！」

そう陳徳妃は声を荒げて、片腕を横に振って燕の話を遮《さえぎ》った。ふわりと、袖《そで》の下が揺れることで微かに風が舞う。

その風に乗って、燕の鼻腔《びこう》に爽《さわ》やかな香りが届いた。

これは……。

燕の中で何かが見えかけた時、陳徳妃はたまらずといった具合で、左手に巻いていた包帯を解き始めた。

そして、包帯の下に隠されていた肌をこちらに見せる。

赤くなっていた。

そして陳徳妃はその肌の赤みを見て、悔しそうに唇《くちびる》を噛《か》んでから口を開く。

「見なさい！　この私の手を!!　陛下にも寵愛されたこの私の肌が、こんな……！　私よね、怒っているのよ！　だからもうどっちでも構わない！　二人とも処分してやるわ！」

陳徳妃は顔を怒りに歪《ゆが》ませて、そう叫んだ。

その言葉に玉玲が「そんな……！」と嘆いたような声がする。

だが、それにもう燕は構っていられなかった。

止めなくては。頭はそのことでいっぱいで、無我夢中で陳徳妃の腕をとった。

「な、何を⁉」

突然燕に腕をとられた陳徳妃が目を見開いてそう抗議するが、それに答える余裕が燕にはない。

腕をとった時に手の甲の荒れを間近で見て、燕は己の推測に間違いがないことを確信した。このままではもっとひどくなる。

「こちらに来てください！　早く！」

燕は陳徳妃の腕をぐいぐいと引っ張って、建物の方へ向かう。

宮女達があっけに取られている間に、なんとか建物の庇《ひさし》の下の日陰にたどり着けた。だがまだ安心できない。

「気でも狂ったの⁉　離しなさい！」

と、周りの宮女達に言われて燕は手を離した。いや無理やり引き離された。宮女達数人がかりで腕をとられて拘束されたが、燕はまっすぐ陳徳妃を見た。どうしても引き下がれない。

「早く手の甲を包帯で隠してください！　少しでも建物の奥へ！　もしくは日傘を誰か持ってきて！　早く！」

拘束されても燕の語気は弱まらなかった。それがはたから見たら異様に思えたらしい。

捕らえている側の宮女の顔が引《ひ》き攣《つ》る。

「な、な、何を言っているの……⁉」

今まで堂々としていた陳徳妃までもが燕の圧に押し負けたように声を震わせた。

「陳徳妃様の、手の甲の荒れは、鴆の毒でも、誰かの呪いでもありません！　それは橙子《とうし》によってできた炎症です！」

燕がそう叫ぶと、一瞬しんと静まり返った。

「橙子……？　どういうこと？」

最初に口を開いたのは、陳徳妃。

「陳徳妃様は、鶯を見るため庭先に出る前、お風呂に入っていらっしゃったと聞いております。その風呂は、橙子風呂。橙子をたくさんお入れになった風呂で間違いありませんか⁉」

「ええ、それは、確かにそうだけど。……どうしてそのことを？」

言い当てられたことに驚いたようで、陳徳妃は目を丸くした。

「香りが残っています。そしてこの香りの強さは、ただ橙子を浮かべた湯というわけではなく、橙子の皮を身体に擦《こす》り付けたのではないでしょうか」

近くに来た時にはっきりと香った。それは香りが強くつくほどに、肌に橙子を擦り付けた証しだ。

「……この香りが好きだから、確かに匂いを移したくて身体にすり付けたわ。その時擦り付けたせいで肌が？　でも待って、橙子風呂に入ったのはこれが初めてではないのよ！今まではこんなことなかった」

「今まで橙子風呂に入ったのは夜、日が暮れてからだったのではないですか？　柑橘類《かんきつるい》に含まれることが多い肌への毒性は、光が当たるために現れるのです」

「光……？」

陳徳妃が怯えたようにそう言うと、庇の下から青空を仰ぎ見る。宮女が屋根の下にいると分かっていても、慌てて日傘を差した。

「そうです。実際、肌が荒れたのは陽差しを直接浴びた手の甲だけでした」

燕はそう言うと、拘束する宮女達の手が緩んだ隙《すき》に抜け出した。そしてそのまま逃げる、わけもなく逆に陳徳妃のところにぐいっと顔を寄せる。

遠慮のない燕の態度に、ひくりと陳徳妃の顔が引き攣った。

「でも、誤解をしないでいただきたいのですが、橙子風呂が悪いわけではないのです。適量であれば橙子で肌を傷めることもありませんし、橙子風呂は、身体を芯から温めて外の光に晒《さら》さなければ肌を潤し整える効果も期待できます。そして何よりもその香りの良さ。橙子風呂に浸かっている間は、あのなんとも言えない爽やかな香りに包まれ、心身ともに晴れやかな気持ちになるのです！　心と身体は表裏一体。心の健やかさはすなわち、身体の健やかさ。橙子風呂は、内からも外からも健康にしてくれるのです！」

「そ、そう、分かったわ。分かったけど……近いわよ！」

そう言って、陳徳妃は、迫り来る燕から距離を置いた。そして宮女達が守り固めるかのように陳徳妃と燕の間に入る。

その様子に、自分自身が警戒されているということにやっと気づいた燕は、ハッと目を見開いた。

「あっ！　す、すみません、私……！　ついつい無礼を働いてしまったみたいで……」

背中を丸めて縮こまった燕は消え入りそうな声でそう言った。

「……どうやら、私の無実が明らかになったようだな」

燕が恥入っていると、落ち着いた声が響き渡った。

悠太妃だ。先ほどまでずっと静観していた悠太妃が動きだす。

その声は、落ちぶれてなお威厳に満ちており、誰もが彼女の声に耳を傾ける。そうせざるを得ない存在感があった。

「証しもなく不当に人を疑い、罰しようなどとは如何《いかが》なものか。少なくとも、先帝の時代の四大妃にそのような愚か者はいなかった」

悠太妃の辛辣《しんらつ》な言葉に、陳徳妃の顔が強張った。

悠太妃は宮中で冷遇されており誰にも顧《かえり》みられない存在ではあるが、それでも先帝の四大妃の一人、賢妃の位についていた。

当代の陳徳妃は、何事か言おうと口を開きかけたが、きゅっと口を引き結んでから頭を下げた。

「大変な無礼をいたしましたこと、お詫《わ》び申し上げます。唐突に肌が荒れたことに気が動転していたとはいえ、軽率でございました」

下げた頭から殊勝な言葉が返ってくる。彼女に仕える宮女達は、一瞬顔を見合わせて驚いた様子だったがすぐに主人にならって平伏した。

どうやら問題はこれで解決したようだ。

「ま、まあ！　私もそういうことだと思っていましたわ！　私も、悠太妃様が呪いなんてするようには見えませんでしたもの！」

妙に甲高《かんだか》い声が取り繕うようにそう言った。声の主は玉玲だ。少し前と言っていることが真逆である。

燕や桜鈴、悠太妃はもちろん、顔を上げた陳徳妃やその官女まで白けた目で玉玲を見やる。

「無事問題は解決、私この後少々所用がありますのでここで失礼させていただきます。それでは」

などと言って、自分の宮女を引き連れてそそくさと屋敷から出ていった。早業である。

残された面々のうちの一人である悠太妃から重いため息が溢れた。

「現帝陛下の妃の質は、あまり良いとは言えぬようだ」

そうこぼすと、陳徳妃が恥ずかしそうに目を伏せた。

「返す言葉もございません」

いたたまれない様子の陳徳妃。先ほどまでの剣幕が嘘のようだった。

そしてふと頭を上げて、燕を見た。

「それにしても、この宮女は何者なのですか？　橙子についてとても詳しい様子ですが」

視線は燕に向かっているが、問いかけているのは悠太妃のようだ。

「彼女の名は、燕という。最近入ってきた私の侍女だ。元は『楊梅楼《ようばいろう》』という湯屋で生薬を煎じた風呂を用意する薬湯師をしていた。故に湯について詳しい」

「まあ、薬湯師……」

そう言って、今度は陳徳妃が燕をまじまじと見回す。

そして何か満足したのか、ひたっと燕の目を見つめた。

「何はともあれ、感謝を。あなたがいなかったら、自分の愚かさの罪を他人に押し付けて取り返しのつかないことをするところだったわ」

位の高い妃が、一介の宮女に感謝を捧げるなどあまり後宮では見られない。

思わず燕は目を見開いた。

「い、いいえ！　め、滅相もありません！　ただ……陳徳妃様はどうして今日は昼間にお風呂に入られたのですか？　いつもは夜なのでしょう？」

先ほどからずっと抱いていた疑問を口にした。瑞国では一日の終わりに風呂で身体を清めるのが主流だ。

「それは、今日の夕方頃にお会いする……」

と言ったあと、陳徳妃は何かに気づいたかのようにはっと眉を上げた。

「いえ、何も、何もないわ。つまり今日の夕方に予定があったから、それまでに準備をしたかっただけよ」

途中で何か言葉を濁すようにそう言うと、陳徳妃の顔が翳る。

「お顔が荒れなかったのだけは幸いでした。橙子の湯があまり触れなかったのでしょう」

そう言うと陳徳妃は、片手で頰に触れた。

「そう、そうね。肩まで橙子風呂に浸かったけれど、顔は濡らさなかった。別の湯で洗ったのよ。でも、もし、顔も橙子風呂に触れていたら……」

手の甲のように肌が荒れ果てた自身の顔を想像したのか、陳徳妃の顔が青ざめる。

「……今日は感謝します。また、改めてお礼の品を持って伺《うかが》いますわ」

そう言って、陳徳妃は「少し休みたい」と宮の奥へと戻っていった。

第三章

後宮の隅の隅にある悠太妃の宮の沐浴場からチャプチャプという水音と、楽しそうな笑い声が響いた。窓から差し込む春の陽光が湯に反射してキラキラと輝く。

「燕《えん》の薬湯は、やっぱり良いわねえ。心まで洗われるわ」

陳《ちん》徳妃はそう言って、茶色の湯を張った桶に膝から下を浸けて気持ちよさそうに目を瞑《つむ》る。椅子に座って、全身脱力しながら足湯を楽しむ陳徳妃だ。

「まったく、陳徳妃。最近、来すぎではないか……」

陳徳妃と同じように椅子に座って足湯に浸かっていた悠《ゆう》太妃がため息交じりにそうこぼす。口では文句を言いつつも、顔は穏やかだ。

「本日の薬湯は菖蒲《しょうぶ》湯です。先日の邪気祓《じゃきばら》いの祭事で余ったものをいただきました」

菖蒲独特の、スーッと背筋が伸びるような清涼な香りを感じながら、燕が説明する。

「ああ、邪気祓いの時の。それにしても今年の邪気祓いの地味さったらなかったわ。いつもなら全身浴なのに、まさか足湯だけなんて！」

陳徳妃は語気を荒げる。だが、そう憤る陳徳妃の気持ちが燕にも分かる。

雨季前の邪気祓いは、菖蒲やヨモギ、蘭草《らんそう》などを交ぜた薬湯に全身を浸かって、身体に溜まった穢《けが》れを祓う祭事だ。

後宮の者達は、妃だけでなく宮女達もその湯に浸かることができる。全身を浸けるほどの湯に入れることなどほとんどない宮女達にとっても、この邪気祓いの祭事は楽しみな行事の一つだった。

だが、今年は皇后の意向で全身浴が足湯に変わった。そして沸かし直しをしないため、宮女達が足湯を使える頃には、冷めきっていたのである。

薬湯を作る量がぐっと減ったので、この日のために用意していた薬草が大量に余ることとなった。そのおかげで後宮の片隅に生きる悠太妃の宮にまで薬草が回ってきたのはありがたかったが、湯に浸かることを楽しみにしていた宮女達を見るとなんともいえない気持ちになる。

「悪いな、燕。今日も余分に足湯を用意させた。まったくこんな寂れたところにまで、かの陳徳妃が連日やってくるようになるとはな」

悠太妃の言葉で、物思いに耽っていた燕はハッと顔を上げる。悠太妃が呆れたような目を陳徳妃に向けていた。

どうやらあの橙子風呂の一件以来、毎日のように通い詰める陳徳妃のことを言っているらしい。

「私は大丈夫です！　もともと私は、人を薬湯浸けにするのが好きなので……ありがたい気持ちです」

照れくさく思いながらもそう言うと、陳徳妃の笑みが少しばかり引き攣った。

「薬湯浸け……なんだか物騒な響きね。ま、まあ、いいわ。ねえ、悠太妃様、燕もこう言っております。それに私、悠太妃様からのご叱責《しっせき》で自分の至らなさに深く反省いたしました。これからは悠太妃様のお近くで、妃たる者いかがあるべきかを学ばせていただきたいのです」

殊勝な態度でそうのたまう陳徳妃に、悠太妃がはあとため息を漏らす。

「よくもぬけぬけと言いよる。燕の薬湯目当てであろうに……」

と、悠太妃も口では迷惑のように言っているが、その実楽しんでもいるのが燕にも分かる。ひっそりと冷宮《れいぐう》に暮らす悠太妃は、なんだかんだと賑やかなのも好きなのだ。

束の間足湯をゆるゆると楽しんでいたが、来訪者の声がした。

幽霊屋敷と揶揄《やゆ》されるこの宮に訪れる者は少ない。しかもその声が男性のものともなれば、訪ね人は明白だ。

「弘頼《こうらい》が来たか。本当に毎回間の悪い奴だ。悪いが、燕、相手を頼めるか？」

悠太妃に言われて、燕は頷いた。

門のところまで行くと予想通り、弘頼がいた。

燕の姿を認めて仮面の下の口を綻ばせる。

「弘頼様、悠太妃様は今足湯を楽しんでおられまして、すぐには出られないとおっしゃっていました！」

「そうか。では、中で」

と言って、弘頼は宮の中に入っていく。

ほぼ毎日実母の元に訪れる弘頼故に、宮の中のことも詳しい。

手慣れた足取りで、客間に入ると卓についた。

干し棗《なつめ》とお茶を用意して出すと、弘頼は一緒に飲もうと燕に椅子に座るように言った。

言葉に甘えて、燕は同じ卓につく。最近は、断っても弘頼は一歩も引かず、座るまで言い続けるという作戦に出ている。さすがにそうまでされると、断れない燕だった。

「昨日、皇后様の元へ行って、節制令を廃止するように言ってきたのだが……断られた」

気落ちした様子で、弘頼がそう話してくれた。

結果は残念ではあったが、燕が言ったことをちゃんと受け止め、なんとかしようと動いてくれたと思うと、それだけで嬉しい。

「そうなのですね。皇后様のことはよく存じてないのですが、とても真面目な方だと聞きました。一度決めたことは絶対にやり遂げるとか……」

「そうだな。そういう苛烈なところが昔からある。力になれずすまない。だが、引き続きと、弘頼がまっすぐ燕を見て言ってくれたので、嬉しく思って笑みを浮かべて頷いた。

弘頼は、昔から燕に優しい。時折、特別に想いを寄せてくれているのではと期待してしまいそうになるほど。

(でも、それは私のただの願望……。弘頼様はただただ誰に対しても優しい人だから)

弘頼の優しさが嬉しいのに、その優しさが自分以外の人にも向けられていると思うと途端に切なくなる。もともと身分的にも実らぬ恋だ。

あまり感傷に浸っていてはいけないと、話題を切り替えるために燕は口を開くことにした。

「そういえば弘頼様、背中のお怪我はいかがですか?」

「こちらも問題ない。痺れも何も感じない。少し色が残っているが、それだけだ」

「そう、ですか。あの、少し診させてもらっても良いですか?」

「ああ、もち……いや、見る? 背中を、ここでか? ひ、昼間だぞ?」

燕の提案にちょっと驚いている様子の弘頼の声色に、燕が逆に驚く。湯屋にいた頃は、薬湯を入れる前に毎回確認していた。

「はい、お嫌でしょうか……?」

湯屋にいた時はできていたのに? という気持ちで問いかけると、弘頼の首から上が微かに赤くなった。

「嫌というわけではないが……湯屋にいた頃は、治療という名目もあったし、夜なのもあってあまり見えないから、なんというか、大丈夫だったが、今は、なんとなく気恥ずかしいというか……」

などとぶつぶつと弘頼がこぼす。それを聞いて燕は首を捻《ひね》る。

「できれば背中の状態を診て、薬湯を作る時の参考にしたいのですが……」

「そうか。薬湯。そ、そうだな。いつも通り、だな。分かった……」

と何故か、覚悟を決めた顔でそう言った。

燕は許可をもらえたことにホッとしつつ、弘頼の長袍を脱がせるために右胸のあたりにある紐《ひも》を解こうと手をかけると……パシッとその手を弘頼に摑《つか》まれた。

「いや、待ってくれ、自分でやる」

と、意を決したように弘頼が言うので、また燕は目を丸くした。

「でも、着替えを弘頼様にしていただくわけには」

高貴な人は服の脱着も自分でやらない。召し使いがやるのが通例だ。

だが、弘頼は頑《かたく》なに首を横に振った。

「……お願いだ」

と切実そうに言われたら、燕に反論できるはずもなく。弘頼に任せることにした。しかも恥ずかしいから、後ろを向いていてくれと言われる。

大人しく後ろを向いている間に、弘頼の用意が終わったらしい。

こっちを向いてくれと言われて、振り返ると、上着を下ろしてこちらに背中を向けて座る弘頼がいた。

彼の健康的な色をした逞《たくま》しい背中に、微かに茶色のシミのようなものが広がっている。

背中のちょうど中心から広がるようにして、肌の色素が仄《ほの》かに茶色い。火傷の痕だ。

この火傷治療のためにと湯屋に来始めた当初はもっと赤かったが、その赤みはすっかり落ち着いている。

弘頼の言う通り、痛みも痺れもないのだろう。ただ痕だけがしつこく残っている。

(この火傷、呪いだと聞いたけれど……)

何もないところで突然火傷を負ったという話は聞いている。

それが原因で、呪われ皇子と蔑まれていることも。しかし燕が診たところ、普通の火傷だ。背中の中心にベッタリと火傷が広がり、下の方には雫《しずく》の形をした火傷痕も見える。

火傷の深度や広がり方から考えると、火に炙《あぶ》られたというよりも、熱湯をかけられたという感じが近いだろうか。

だがどちらにしろ呪いというのは、正直信じられない。

「失礼します」

燕はそう声をかけて、指先でその背中のシミの部分に触れた。

すると弘頼が「あ……！」と言って背中がびくりと震えたので燕は目を見開いた。

「す、すみません。痛みましたか？」

「いや、痛くはない。……冷たくてびっくりしただけだ」

と背を丸くさせている。燕からは顔色が見えないが、うなじのあたりが赤い。

風邪をひいているようにも思えないので、どうしたのだろうと不思議に思っていると
……。

「わ！　陳徳妃様、これ以上押さないでくださいませ！」

「だって、何を言っているのか聞こえないのよ！」

「陳徳妃様、だめです、このままだと！」

という声が聞こえてきたかと思ったら、ドタドタと大きな音が鳴った。

見れば、宮の裏口のところで陳徳妃と桜鈴《おうりん》が傾《なだ》れ込んでいた。そしてその倒れている二人の後ろで、こめかみに指を置いて長いため息をつく悠太妃がいた。

「だから押さないでくださいっていってお伝えしたのにー」

と桜鈴の嘆き声が響いた。

改めて場所を移し、陳徳妃、悠太妃、そして弘頼で卓を囲った。桜鈴と燕、そして陳徳

妃が連れてきた宮女達で、お茶の支度などをしていると、服を着直した弘頼が苛立たしげに口を開いた。

「陳徳妃、人の会話に聞き耳を立てるとは随分と趣味が悪いようだ」

「別に聞き耳を立てていたわけではありませんわ。ちょっと話し声が聞こえてきたので、何を話しているのかなと気になって見守っていただけです」

ツンと陳徳妃は応戦態勢をとる。

「それを聞き耳を立てているというのだ」

「でも、半裸だったのですよ！　半裸！　気にならないわけにはいかないでしょう」

「は、半裸だったのは、燕に、背中の火傷を診てもらっただけで、やましいことをしていたわけでは……」

「でも、なんか『あ……！』とか悩ましげな声をあげて……」

「それはびっくりしたからだ！　変な声真似はやめろ！　第一、最近、陳徳妃は母の宮に通いすぎだ。私が行くといつもいるではないか！」

「あら、私がここに来るのに、殿下の承諾が必要かしら」

弘頼がどんなに言っても、つんと言い返す陳徳妃に、弘頼はさすがに疲れてきたらしい。大きくため息をついた。

「承諾が必要ではないが、あまりにも通いすぎなのではと言っている」

「それを言うのなら、殿下こそ、すでに成人した身で後宮に入り浸りすぎでは」

「母上への挨拶をしているだけだし、許可も得ている」

「私も、悠太妃様の元へ妃のあるべき姿を学びに来ているだけですわ」

「ええい、うるさい。いつまで言い合っておるのだ。だいたい二人とも燕目当てのくせに心にもないことを……！」

二人の小競り合いを止めたのは、悠太妃だ。そして弘頼、陳徳妃をそれぞれじろりと睨みつけると、二人とも背中を丸めて縮こまった。

「べ、別に、燕だけが目当てというわけでは……」

慌てて弘頼がそう訂正するが、悠太妃はふんと鼻を鳴らすのみ。そんな言葉など信用できないといった態度だ。

弘頼は観念したように息をつくと、改めて口を開いた。

「そういえば、母上、まだ陛下の御渡りがないと聞きましたが、事実ですか？」

弘頼がそう尋ねると、陳徳妃の眉がぴくりと動いた。

「あら、私がいる場でその話題。いい度胸ね」

陳徳妃が恨めしそうに弘頼を睨み据える。

「陳徳妃が勝手にいるのがいけないのではないか。だが、そのように苛ついた態度を見せるということは、未だ陛下の御渡りがないというのは事実のようだ」

ましい視線だけを送る。

弘頼がそう言うと、陳徳妃は言い返すこともできないとばかりに口を引き結び、恨みが

そんな二人のやりとりを見て燕はずっと驚いていた。

（弘頼様って、ほかの方とは結構、お話をするんだ……）


燕と弘頼はあまり会話が続かない。燕はなんだかすぐにもじもじしてしまうし、弘頼も弘頼で寡黙な性格なのもあって会話にならない。……いや、寡黙だと思っていたのだが、もしかしてそうではないのだろうか。


そういえば、幼い頃も燕とはあまり会話が弾まない弘頼だったが、胡蝶《こちょう》とは弾んでいた。

（弘頼様は胡蝶姉様が好きなのかと思っていたけれど、もしかして、弘頼様は、私以外の方となら饒舌《じょうぜつ》なのかしら……）


燕が少しばかり考え込んでいると、陳徳妃が口を開けた。

「目下節制令は発令中。気温も上がり後宮内の匂いは日に日にひどくなるばかり。陛下が御渡りになるわけないじゃない。……皇后様が、沐浴の節制を推奨し始めて、宮女達は清潔を保つことが難しくなってきた。私のような上級妃付きの侍女には、私の残り湯を使わせているから毎日沐浴できているけれど、他の宮女達の沐浴の頻度を知っている？」


そう陳徳妃に尋ねられた弘頼は眉根を寄せた。

「三日に一度か？　陛下は少々潔癖の性分を持っておられる。一緒に執務を行う官吏達に

は、最低三日に一回の沐浴を厳命している」

「三日に一度！　お気楽なことね。その頻度で沐浴を行えるのなら問題なんて起こらない。いい、今の後宮の宮女達の沐浴の頻度は、五日に一回よ」

「な、五日に一回⁉」

「そう、しかもそれはどうにか諌《いさ》めて五日になっただけで、もともとは七日に一回の頻度にするつもりだったのよ。それに、沐浴といっても桶に水を溜めて布とかで拭くだけ。バシャバシャ水が使えないの。身体中の汚れがそんな沐浴一回でとれるわけもないし……日に日に後宮内の匂いがきつくなっているのを私も感じているわ。今はどうにかお香で誤魔化してはいるけれどね」

「誤魔化せていないだろ。実際に陛下は後宮から遠ざかっておられる。一体なんでそんなことになっているのだ」

「だから、皇后様の節制令よ。……沐浴は水の無駄遣いだって、沐浴をするごとに徳が下がり、罰が下るとおっしゃっているの」

「なんだそれは……。そんな話を後宮の者達は信じているのか？」

呆れたように弘頼が言うと、むっとしたように陳徳妃は口を尖《とが》らせた。

「実際後宮では沐浴をした者が、不幸に見舞われる事件が相次いでいるのよ。沐浴をしたら肌が荒れたとか、病気をしたとか、お腹を下したとか……。嫌なことがあると、全部沐浴のせいみたいな流れになっているの」

「馬鹿らしい。こじつけだ。皇后様の横暴ではないか。諫めるべきだ。……まあ、私も先日諫めようとして失敗したが」

後半、弘頼が小声で呟く。陳徳妃が「あなたもじゃない」と睨《ね》めつけてからまた口を開いた。

「言っておくけど、私だってちゃんと諫めているわ！　諫めて、この程度に抑えているの！……けれどもう抑えきれないかもしれない。私と一緒に皇后様の節制令に反対していた黎《れい》賢妃が、最近、皇后様の言葉に傾き始めていて……」

「黎賢妃が……？」

「そう、今の四大妃は、淑妃の位が空いているため三人しかいない。秦《しん》貴妃は、相変わらず妃の朝議の参加もままならない役立たず。私と黎賢妃で、皇后様のいきすぎた節制令を諫めていたのよ。でも、その黎賢妃までも皇后様派になったら、もう妃の沐浴もままならない。……七日に一度の沐浴になる日も来るかもしれないわ」

「な、七日に、一度……！」

思わず燕から悲鳴のような声が漏れた。七日も身体が洗えないと考えるだけで卒倒してしまいそうだ。

陳徳妃の話を聞いていた弘頼は、眉間に皺を寄せたまま口を開いた。

「それはダメだ。後宮は、次代の帝を産み育てる場所。水の節制など馬鹿馬鹿しい。陛下が後宮から離れれば、後宮の役割だって果たせぬ。……分かった。私が陛下に諫言《かんげん》してくる。陛下ならば私の言葉に応えてくれるだろう」

そう言った弘頼は、まっすぐ燕の方を向いて燕の手をとった。

「燕、もう心配するな。私がそなたを守る。決して七日に一回の沐浴などという馬鹿げたことをのさばらせはしない」

「弘頼様……」

何故か、燕の手をとって熱く語る弘頼である。

まじまじと見ていると、弘頼がハッと我に返ったようでパッと手を離した。

「す、すまない。気軽に触れてしまった……」

「い、いいえ、いいんです……」

お互い消え入りそうな声でそう言うと、照れたように俯く。

「なんか、私を相手にする時との態度が違いすぎない⁉」

と陳徳妃から鋭い声が響いた。

「黙れ。皇后様を諫めることすらできぬ四大妃の分際で」

「な！　あんた！　ちょ、むかつく！　というか、あんた、そんな性格だったの⁉」

陳徳妃が盛大に嘆いた。

ちょうど燕も、同じようなことを思ったのは内緒である。

◆

弘頼は、悠太妃の宮を出てそのまま皇帝陛下が執務をこなす清金殿《せいきんでん》へと向かった。

かの皇帝陛下は机を前にして座り忙しそうに筆を走らせていたが、弘頼を見ると破顔する。

「来たか、弘頼。最近よく宮中に来るくせに、朕《ちん》のところに寄ってこないから寂しい思いをしていたのだぞ」

鼻梁《びりょう》のすっと通った整った顔に笑みを浮かべて男はそう言った。

男は光り輝く黒髪を軽く後ろで束ねて流し、頭上には金の玉飾りを幾重にも垂らした冕《べん》冠《かん》。この国の第十七代皇帝、幼い頃から変わらず兄と慕う游星《ゆうせい》である。

太めの眉はいつも凛々《りり》しく、どこか雄々しい野生みのある顔つきは、男の弘頼から見ても格好が良いと思える。

彼の少々傲慢《ごうまん》で無鉄砲なところには手を焼くが、幼い頃からの弘頼の憧れの異母兄だ。

「陛下、ご無沙汰しております。いつも忙しくしていらっしゃるので、ご挨拶を控えておりました。お許しくださいませ」

「構わない。今日こうやって会いに来てくれたのだからな。ほら、そこに座れ」

くつろいだ様子で游星が椅子を勧めてきた。弘頼は言葉に甘えて座らせてもらう。

二人の親しげな態度を見たら、後宮にいる者達のどれほどが驚くだろうか。

表向き、弘頼と游星は仲が悪いことになっている。なんといってもかつては帝位を競い合った仲なのだから当然だ。

だが、実際はいがみ合ってなどいない。幼い頃からずっと仲が良く、弘頼は游星のことを同母の兄のように慕ってさえいる。

ただ、游星が茶を宦官に用意させようとしたので、それだけは止めた。

「いえ、お茶は不要です。そこまで長居をするつもりはありませんので」

「なんだ、せっかく来たのに一緒に茶を飲む時間もないのか？」

いじけた子供のように軽く頬を膨《ふく》らませる游星に、昔を思い出して思わず弘頼の頬が緩む。

「陛下の貴重なお時間を私が奪うと、嫌がる大臣達がおりますので」

弘頼がそう言うと、嫌そうに游星は顔を顰める。

游星が皇帝に立って、まだ五年。新皇帝である游星にはやることが山のようにあるのだが、隙を見れば仕事から逃げ出そうとする游星に、大臣達はほとほと手を焼いているようだ。

「あいつらは朕に仕事をさせることに躍起になっているからな。でもたまにはゆっくりすることも必要だと思うのだ。朕は」

「陛下はその『たまに』があまりにも多いと右宰相も嘆いていましたよ」

「あいつは本当に口うるさいな」

と游星が嘆いたあと、まっすぐに弘頼を見た。

「で？　朕の時間を奪うまいと思っているお前が、わざわざ来たということは、何かあったのだろう？」

「はい。後宮のことです」

弘頼がそう言うと、游星は露骨に嫌そうな顔をし、「そのことか」と疲れたように言う。この反応を見るに、後宮に通わなくなったことを誰かに責められるのは初めてではないのだろう。

それはそうだ。後宮に通い世継ぎを産ませることこそ、皇帝にしかできない大事な仕事だというのに、それを放棄しているのだから。

「後宮に通うつもりは今のところない。臭いからな」

当然のように言われて、弘頼は目を見開いた。

「そう思っておられるのなら、正せば良いでしょう。匂いの原因は、皇后様が発した節制令のせいです。陛下が、皇后様をお諫めなされば……」

「朕が皇后に何か言うつもりはない」

「は？」

まさかそのような返答が返ってくると思ってなかった弘頼から、気の抜けたような声が漏れる。

だが、そのまま「は？」で終わらせるわけにはいかない。改めて口を開く。

「後宮は次代の帝を産み育てる場所。陛下が遠ざかっていらっしゃっては後宮を置く意味がありません」

「だが、後宮のことは皇后に任せている。それに朕は朕で忙しい」

「陛下が、お忙しいのは分かっておりますが！　しかし後宮を正すのも陛下のお仕事の一つです」

弘頼がそう言い募れば、游星は疲れたように息をついた。

「……別にまだ焦る時期ではないだろう。朕もまだ若い。それに……」

と言って、游星は言葉を止めて、弘頼を見つめた。

「お前もいる」

その言葉に、弘頼は一瞬頭が真っ白になった。

「お、お戯《たわむ》れを……！　私は呪われ皇子です。それを今更……」

「呪われ皇子、か……。まったくお前は、馬鹿だな」

呆れたように言われて、弘頼は眉根を寄せる。

「どういう意味ですか……」

「どういう意味にとってもらっても構わない。ただ、朕は、後宮のことに口は出さない。皇后は、朕が選んだ后《きさき》だ。賢く、徳高く、孝行に厚い。何か考えがあるのだろうよ」

そこまで断言されてしまうと、もう弘頼に告げる言葉は見つからなかった。

兄の頑固さは、弘頼もよく知っている。

「游星兄上……」

思わず気が抜けて昔の呼称で呼ぶと、游星の表情がニヤニヤとした笑みに変わった。なんとなく嫌な予感がする。

「そういえば、最近、お前が後宮に来る頻度が多くなったのは、こっそり連れてきた女が関係するのか？」

揶揄《からか》うような口調で游星が尋ねてきて、弘頼の脳裏に燕の姿が過《よぎ》る。

弘頼が後宮に顔を出すようになった理由は、游星の言う通り燕が原因だ。自分が住む王府の屋敷から燕がいた湯屋は少しばかり距離があるため、あまり通えなかった。それに毎日通ったら通ったで気持ち悪いと思われるかもしれないし、と考えて遠慮もあった。しかし、後宮にいれば母親への挨拶ということで頻繁に通っても何も不自然ではない。堂々と通える、会える、燕に。

「……べ、別に。兄上には関係のないことです」

慌ててそう答えると、皇帝はハハっと笑う。

その弘頼の反応を楽しむかのような笑みに、思わず弘頼は顔を顰める。

（やられた……！　つい反応してしまった……！）

弘頼にとって燕は特別だ。幼い頃から、ずっと想い続けてきた初恋の相手だ。気持ちが溢れすぎて、彼女の前では未だに口下手になってしまうぐらい愛が重い自覚がある。

その燕の話を持ち出されて冷静でいられるわけがない。

「なんだなんだ、つれないなあ。お前は一生、燕のことを思ってぐずぐず過ごすものかと思っていたが、まさかそんなお前に春が訪れるとは……」

「な、何故そこで燕が……」

動揺してはいけないと分かっているのに動揺してしまう。

游星はさらに意地の悪い笑みを深めた。

「お前が燕を特別に想っていることぐらい、見たら分かる。それなのにいつまでもぐずぐずと……お前の身分なら無理やり囲い込むことだってできただろうに」

「兄上‼」

ムッとして思わず声を荒げる。

燕を無理やり自分のものにする。そんな非道なこと、想像するだけで吐き気がする。

しかし、弘頼は実のところを言えば、何度もそんな欲望を抱いたことがある。だが、そんなことをして燕を手に入れたら、きっと燕に嫌われる。それが怖い。

燕はまっすぐだ。小さい頃から純粋で強くて、眩しい。父親を亡くしたあと、苦労をしただろうにその心は清いまま。

「すまんすまん、そう怒るな。しかしな、たまには強引さが必要な時もあるぞ。まあ今度の件には随分と強引のようだがな。しかし、なんで後宮に連れてくるんだ？　自分の王府殿に連れていけばいいのに」

「ですから、そういうのでは……ありませんから」

と答えながら目が泳いでいるのを弘頼は自覚している。

燕のことは、できれば游星に知られたくない。

游星と燕は、弘頼と一緒で幼馴染み、幼い頃に湯屋でよく遊んだ仲だ。燕のことを言えば、游星はきっと会いに行こうとするだろう。しかし弘頼はそれが嫌だ。何せ……。

（燕の初恋の人は、間違いなく游星兄上だ）

一緒に遊んでいる時、燕と游星はとても親しそうにしていた。燕は弘頼とはあまり会話が弾まないのに、游星とはいつも楽しそうに話していた。

（後宮に連れてきたばかりの時も、燕は游星兄上のことを聞いてきた……。まだ燕の心は、兄上にあるのだ……）

もし、燕が游星と出会うようなことになれば……。

心の中で、燕が游星と出会って恋に落ちる物語が展開されていく。自分は、愛し合う二人を陰から眺めるだけ。燕が幸せならそれでいいと、必死でそう自分に言い聞かせて……。時折、燕を攫った時に問答無用で自分の住む王府の屋敷に連れいったらどうなっていたかと妄想するかもしれない。周りの意見や自分の立場を顧みず、自分の欲望の思うままに行動できていたら燕の隣にいるのは游星ではなく自分だったのにと、そう後悔するのだろうか……。

思わず弘頼の顔が強張った。

（燕は誰のものでもないというのに……）

游星にとられてしまうと感じた自分を恥じた。とられるも何も、燕は弘頼のものではない。今も、昔も……。

燕の縁談を壊した時、たまらず燕をもらうなどと言ってしまった過去が過る。誰かのものになると思うと我慢できず、自分のそばに受け入れる準備ができていないというのに攫ってしまった。しかも燕の気持ちを確かめることもなく、だ。

今でこそ燕は、助かったと言っているが果たして本心かどうか。

あの時、燕はなんと思っただろう。突然、あんな蛮行《ばんこう》を冒した弘頼のことを……。

（自分の身勝手さが嫌だ……）

理性では解放するべきだと分かっている。そう思うのに、燕を外に出したくないと思う卑怯《ひきょう》な自分が確かにいる。

「お、おい。大丈夫か？　顔色が悪いぞ……」

弘頼を気遣ってか、游星がそう優しげに返す。

だいたいいつも傍若無人《ぼうじゃくぶじん》なあの游星に心配させるほど、弘頼の顔色は悪いらしい。

「すみません……」

力なく弘頼はそう口にする。この謝罪は、心配をかけた兄への言葉か、身勝手な思いに巻き込んでしまった燕への言葉か、それとも両方か。

「お前、まだ燕を忘れられないのか……」

游星のわずかに驚いたような言葉に、弘頼はハッと顔を上げる。

「まあ、燕は特別だったな。朕も、燕のおかげで多少、性格が良くなった気がする。なんというか、人を信じるのも良いなと思えるようになった」

「それは……そうかもしれませんね。燕のおかげで、兄上は滅多に嘘を言わなくなりました」

弘頼がそう言うと、游星は昔を思い出したのかバツの悪そうな顔をして、「その話はするな」と嘆いた。

燕は、とても素直でまっすぐな子供だった。人を疑うことを知らず、何を言っても信じてくれた。

そこが面白かったのか、游星は燕を揶揄うために頻繁に適当な嘘を語っていた。

やれ、自分の左腕には地獄の炎を宿していて時折疼《うず》くとか。

やれ、自分の左目には、古《いにしえ》の魔の者が封印されており、世界の全てを見渡せるとか。

やれ、今宵も血に飢《う》えているとか。

游星の明らかな嘘を信じきっていた燕は、游星のために地獄の炎をなんとかする薬湯や、古の魔の者を倒すための薬湯や、今宵も血に飢えない薬湯を作るために日夜研究に励みだした。次第に目の下にはっきりとした隈《くま》が出るほどに薬湯作りに熱中し、目の色を変えて游星を薬湯浸けにしようとし、とうとう倒れてしまった。

さすがの游星もこれには自分の非を感じたようで、燕の薬湯で地獄の炎も、魔の者も、血への飢餓感《きがかん》も全て治ったことにしてその場を収め、それ以降無闇に嘘を言うことはなくなった。

「あれは、燕がいちいちいい反応を返してくれるから面白くて……」

若気の至りに、游星は小さく呻《うめ》き声をあげる。

それを見て、今度は弘頼がくすりと笑った。昔が懐かしい。游星がいて胡蝶がいて、燕がいて。あの頃が、本当に楽しかった。

「とりあえずだな、朕はお前が妻帯するのは良いことだと思っている」

弘頼は游星の優しい声色に、弘頼が「はい」とだけ返す。

そうやって気遣ってくれる兄の優しさが嬉しかった。

◆

弘頼がとぼとぼと頼りない足取りで悠太妃の宮にやってきた。

昨日は陛下に物申すと息巻いていたというのに、今日はあまりにも覇気がない。

燕はそのことを心配しつつも卓へと案内する。

その時はすでに陳徳妃がいたため、一緒にお茶をすることになった。

「陛下に皇后様を諫めていただこうと思ったが失敗した。陛下は後宮のことに口を出す気はないらしい」

お茶を一口飲んだ弘頼は開口一番そう言った。今日の覇気のなさの原因はそれらしい。

「呆れた。あれだけ大きなことを言っておいて」

陳徳妃が胡乱《うろん》な目で見やってそう言うと、弘頼の背中が微かに縮こまる。

「……これぱかりは何も言い返せない」

あまりにも背中が小さく見えて、昔のことを思い出した。

出会ったばかりの頃の弘頼は美しい子供だったけれど、子供らしさのようなものはあまりなかった。いつも諦観を滲《にじ》ませたような表情で、どこか申し訳なさそうにしている。まるで自分がこの世の悪の全てだとでも言いたいかのような顔。燕は子供ながらに、弘頼に心から笑って欲しいと願った。

今思えば、おそらくその原因は帝位争いから発するものだったのかもしれない。ただ曾祖父に似ているという理由だけで、自分の意思とは関係なく帝位争いに巻き込まれた幼い弘頼。当時の弘頼を思うと、心が痛い。

燕はいてもたってもいられず彼の肩に手を置いた。

「弘頼様、あまり気を落とさずに。元気のない時は薬湯です。おっしゃっていただければいつでも薬湯浸けにいたしますから」

燕がそう言うと、弘頼は燕の手に自分の手を重ねる。

指先が軽く触れただけだったが、そうしてもらえると思っていなかった燕は思わず顔を赤らめた。

「ありがとう。燕……。後宮内ではさすがに薬湯浸けになれないが、時が来た暁には」

と、弘頼は軽く後ろを振り向いて燕の顔を見ながらそう言った。

顔のほとんどが仮面で隠れているが、仮面から覗く明るい色の瞳が輝いて見える。

ああ、早く彼を薬湯浸けにしたい。そうして全ての憂いを晴らして差し上げたい。

そう思って燕が思わず見惚れていると……。

「あ、すまない。気安く触れてしまった……」

そう言って弘頼が慌てた様子で手を引っ込めたので、燕も慌てて肩に置いた手を離した。

「い、いえ！　私の方が、先に肩に手を置いたので……！　こちらこそ、すみませんっ！」

そう言って、燕は顔を伏せる。なんとなく顔が熱い。

気のせいか弘頼の顔も赤い気がする。お互い赤くなった顔を突き合わせていると……。

「ちょっと、今はいちゃいちゃしている場合ではないでしょう⁉　節制令のこと、どうするのよ」

と呆れたような声で窘《たしな》めてきたのは、陳徳妃だ。胡乱な目で弘頼と燕を見てきた。

「い、いちゃいちゃ⁉　な、何をそんな……！　……いちゃいちゃしているように見えただろうか？」

心なしか後半、まんざらでもなさそうにそう聞いてきた弘頼だったが、それを無視するような形で陳徳妃が口を開く。

「このままでは皇后様の暴走を止められないってことでしょう⁉　節制令がどんどんきつくなってきたら大変よ」

疲れた顔で陳徳妃が言うと、弘頼も真面目な顔に戻って頷いた。

「確かに。後宮が臭いままでは陛下の御世継ぎなど夢のまた夢。こればかりは早く解決しなくては……」

と深刻そうに弘頼が顎の下に手を置いて考え始めたので、燕は少し驚いて目を見開く。

皇帝が後宮に渡らないというのは、確かに問題だと燕でも分かるのだが、弘頼の必死さにはそれだけでない何かを感じる。

「弘頼様も、陛下が後宮に御渡りにならないことで何か困る事態があるのですか？」

「陛下に早く御世継ぎができねば私は燕を……あ」

と言ったあと弘頼は言葉を止めて、気まずそうに燕を見た。

何故見つめられたのか分からない燕が首を傾げると、弘頼はハッと顔を上げてから俯く。

「御世継ぎが生まれることは国の存続に必要不可欠だ」

と、真面目くさった顔で小さくこぼす。

そんな弘頼をじろりと見た悠太妃が口を開く。

「何か、ほかに言いたいことがありそうな顔だな」

「いや、何も……」

悠太妃からの鋭い追及に、弘頼は苦しそうに答えた。

二人のやりとりを見るに、表向きの理由のほかに弘頼個人として何か困ることがあるようだと、燕は悟る。

燕は弘頼を見つめた。あまり感情を面《おもて》に出さない人だからか、いつもどこか冷たげな印象がある弘頼。けれど、一度懐に入れた相手に対してはとても面倒見が良くて優しい。大切な幼馴染みで、叔父夫婦から押し付けられそうになった縁談から救ってくれた。

そんな弘頼が困っているというのなら、できればなんとかしてあげたい。

だが、燕はなんの力もない娘だ。権力もなければ、特別美しいわけでも、才女でもない。

唯一の取り柄は、少し薬湯に詳しいぐらいで……。

（あれ、でも、確か今回の節制令の問題は沐浴や入浴が悪とされていること、よね？　でも身体を清潔にすることが悪なわけがない。皇后様を薬湯浸けにするのは難しいとしても、薬湯師として、沐浴の大切さを伝えることができたら……）

そう思って、燕は思い切って口を開いた。

「あの……先日の陳徳妃様の話を聞く限り、沐浴が不徳行為と思われていることに問題があるような気がするのです。そこさえ正せば、節制令を撤回できるのではないでしょうか」

燕の言葉に一番に反応したのは陳徳妃だ。

「それはそうだけど、皇后様は頑固なお方。私も何度も沐浴が不徳行為であるわけがないとお伝えしているけれど、考えを改める気配がないわ。それどころか、黎賢妃まで皇后様の言葉に乗せられそうになって……」

陳徳妃が苦々しく答えた言葉を聞いて、燕は眉根を寄せた。

「黎賢妃様までも、沐浴が不徳行為だと思われるようになったということですか？　どうしてそのようなことを……。もともと沐浴が苦手な方だったのでしょうか……」

沐浴が苦手な人は一定数いる。そう思って口にしたが、陳徳妃は首を横に振った。

「違うわ。黎賢妃はもともと沐浴が好きよ。ただ、最近、髪を洗うとぼさぼさになるというか、まるでうねった蛇《へび》が何匹も住み着いたような髪質になってしまうらしいわ。それで、皇后様の言う通り、不徳行為をすることによる天罰なんじゃないかって怯え始めて……」

「いつもと洗い上がりの感覚が違うということでしょうか」

「らしいわよ。黎賢妃は、誰よりも髪の手入れに気を使っていたから、余計に辛いのでしょうね。前からシャボンを使って洗髪しているのよ」

陳徳妃の言葉に、燕は驚いて目を丸くした。

「シャボンを⁉　西域の国の特別な洗浄剤ですよね⁉」

「あら、シャボンを知っているのね」

「はい。湯屋にいた頃、持ってきてくださった方がおりまして」

と言って燕はチラリと弘頼を見た。

「……あの泡の出るやつか」

と弘頼が思い出したとばかりに呟いた。

幼い頃、弘頼達がシャボンを持ってきてくれたことがある。シャボンは油を固めたような質感で薄茶色く、擦ると白い泡が出てくる洗浄剤だ。

物珍しいシャボンなるものの洗浄能力に興味を持った燕は、色々と試してあっという間に使いきってしまった。あとで、それが西域から最近輸入されたばかりのものすごく高価な品だと気づいて卒倒しそうになったものである。

「黎賢妃の実家は、他国ともやりとりのある大きな商家なのよ。だからシャボンとか珍しいものをよく実家から送られていてね。後宮にもシャボンはあるけれど、黎賢妃が持つシャボンは特に高品質。私も一度使わせてもらったけれど、擦ると雲みたいな泡ができて、汚れなんて一瞬で落ちるし香りもいいの」

「まあ、それはいいものですね……」

思わずうっとりとして答える。幼い頃に使わせてもらったシャボンから作った泡は、本当に陳徳妃の言う通りふわふわで白くて良い香りがして最高だった。

「そう！　それでそのシャボンを使って洗髪をしている黎賢妃はそれが自慢だったのだけど、どういうわけか、ある時から洗っても今まで通りの洗い上がりにならずに逆にごわごわと軋《きし》む感じがするようになったらしいの。それで、不徳行為のせいなんじゃないかって思うようになったみたいで」

「ごわごわと軋むような……。確かに、シャボンで洗髪すると多少はそのようになることがあります。軋むのが気になるようでしたら、酢を使うのがよろしいかと」

「は？　酢？　酢って、酸っぱいあの？」

鳩《はと》が豆鉄砲を喰ったような顔をする陳徳妃。燕は「はい」と言って頷いた。

「使うのでしたら香りがまろやかな香醋《こうず》がよろしいでしょう。シャボンで洗った後、水に香醋を少々入れたものを髪につけるだけで軋み感がよくなります」

これもシャボンで色々試した時に編み出した知識だ。

「へえ……！　さすが燕ね！　よし、こうしてはいられないわ！　早速行くわよ！」

そう言って、陳徳妃が立ち上がる。

「え？　行く……？　どこにですか？」

「黎賢妃のところよ。酢を渡しに行くの！　そうすれば、髪のことでうじうじ悩んでいる黎賢妃も目を覚ますわ！」

そう言うと燕の腕をとった。

「え、え？」

「悠太妃様、燕を借りていきますね」

と言って、どこかに連れ出そうとしている陳徳妃。突然のことに戸惑う燕に「燕、いいわよね？　黎賢妃の美髪さえ取り戻せれば、沐浴の節制令反対派は盤石よ。これも後宮のため」と告げた。

「後宮のため……」

そう呟いてから、燕は弘頼を見た。

突然視線を向けられた弘頼は、不思議そうに微かに首を傾げた。

(弘頼様のためになるのなら……)

固く決意をすると、燕は改めて陳徳妃を見た。

「分かりました。私でお役に立てるようでしたらどこへでも!」

「そうこなくてはね!」

陳徳妃は弾んだ声でそう言うと、早速とばかりその場を立ち去ったのだった。


陳徳妃は燕とともに輿《こし》に乗って黎賢妃の宮へと向かう。

その間使いの者に香醋を用意させることも忘れない。

黎賢妃の宮は後宮の北側に位置する玄武宮《げんぶきゅう》と呼ばれているものだ。炭色に染めた柱には宝石が散りばめられ、漆《うるし》が塗られた黒い瓦は太陽の光に反射してきらきらと輝いていた。

突然の訪問ではあったが、訪問者が四大妃であり親交も深い陳徳妃となれば断られることもない。

だが、今は先客がいるらしい。相手は中級妃。どうしますかと問われた陳徳妃は、自分が優先されて当然とばかりにそのままずかずかと中に入った。

そしていざ黎賢妃のいる部屋の前まで着くと、女性のはしゃぐような声が聞こえてくる。

「実家から送られてきましたとっておきの香油でございます。お髪《ぐし》に一塗りすれば、より一層夜空のように煌《きら》めくこと間違いありません」

この声に、燕は聞き覚えがあった。

（この声は……玉玲様《ぎょくれい》……？）

しかも、これから入ろうとしている扉の奥から聞こえている。

「黎賢妃様、陳徳妃様がお見えです」

宮女がそう告げて、扉が開かれた。

金箔《きんぱく》がちりばめられた白壁。玄武という亀に似た瑞獣が描かれた大きな絵画が正面に飾られており、その前に一人の女性が背筋をピンと伸ばした姿勢で座っている。

黒色の衣は金糸で牡丹《ぼたん》蓮華唐草《からくさ》文様が刺し描かれている。ひっつめてまとめた黒髪を高髻《こう》《けい》に結い、玉《ぎょく》をあしらった角櫛《つのぐし》と、金糸で編んだ垂れ飾りの歩揺《ほよう》が頭上を華やかに飾る。

その存在感から、彼女こそが四大妃の一人、黎賢妃なのだろうと燕はすぐに分かった。

聡明そうな涼やかな目が、燕達の方に向けられる。

「陳徳妃、あなたはいつも突然ですね」

くすりと柔らかな苦笑とともにそう声が漏れた。声が大きいわけではないのに、何故かよく通り耳にすっと入ってくる。不思議な声色だ。

「黎賢妃、今いいわよね？」

「ダメと言ってもあなたは聞かないでしょう？　……玉玲妃、構いませんね？」

「は、はい！　もちろんです」

という声とともに、黎賢妃よりも手前ですっと動く者がいた。

座っていた玉玲が、立ち上がったのだ。そしてそのまま陳徳妃に一礼した。

「陳徳妃様、ご挨拶を申し上げます。お久しぶりにございます」

「久しぶり……？」

そう言って、陳徳妃は首を傾げる。どこかで会っただろうかと、彼女の訝しげな顔が玉玲を忘れていることを物語っていた。

「先日、陳徳妃様のために小鳥を献上した楊《よう》玉玲でございます！」

玉玲が強めの口調でそう言うと、「ああ、あの時の……」と言って、陳徳妃はやっと思い出したようだった。

（それにしても玉玲様の笑顔が怖い。すごく、怒っている感じがする……）

どうにか笑顔を取り繕ってはいるが、頬がぴくぴくしているのを見るに結構無理をしているようだった。

実家では、我《わ》が儘《まま》放題で誰もが玉玲のことを特別扱いしていた。だが、後宮では当然そんなことはあり得ない。特別扱いに慣れた玉玲にとって、少しでも雑に扱われる今の状況は我慢ならないのだろう。

「先ほどね、玉玲妃から髪にいいという香油をいただいたのよ」

そう言って黎賢妃が、小壺《こつぼ》を持ち上げた。

黎賢妃の言葉に、ぱあっと顔を輝かせた玉玲は頷いた。

「はい！　黎賢妃様に是非とも使っていただきたいと思ったのです」

玉玲がそう応じると、黎賢妃はにこりと笑う。

「最近ね、後宮の妃達が、私の髪を心配して色々くれるのよ」

そう告げて壺の蓋を開ける。

「椿油かしら。この香りは、茉莉花《まつりか》ね」

「はい！　質の良い椿油に茉莉花を漬け込み香りを移したものです！」

「そう。ありがとう。だけど、玉玲妃……」

そう言って、壺の蓋を閉める。そして顔を上げた時には、先ほどまでの笑顔が嘘のように消えていた。

「これ、お返しするわ」

「……え？」

突然のことに、玉玲から間の抜けた声が漏れる。

「質がいい椿油なんて、私がいくら持っているかご存じ？　あなたからいただかなくても、私は自分で用意できるのよ」

「……あ、でも……」

黎賢妃の有無を言わさぬ強い口調に、玉玲はうまく言葉をつむげない様子だ。

「最近ね、本当に多いのよ。あなたみたいに私に贈り物をする妃が。空位の淑妃の座につきたくて私に口利きして欲しいのでしょうね。しかも皆揃って、髪に良い油ばかりくれるの。私の髪が乱れているのが、そんなに気になるのかしら？」

声はゆっくりと落ち着いているのに、何故か背筋が凍るような怒気が伝わる。

「い、いえ、そういう、わけでは……」

と答える玉玲の声が震えている。

「いつまでいるつもり？　もう用が済んだのならお帰りなさい。ああ、あとこれも持ち帰ってね」

黎賢妃の口から漏れた冷たい声に、「は、はい。失礼いたします……」と玉玲が言って振り返った。

どうやら圧に耐えきれずに帰ることにしたらしい。

玉玲がそそくさとその場を離れ、陳徳妃とすれ違うかどうかという時、初めて燕は玉玲と目が合った。

去ろうとしていた玉玲の足が止まる。

「なんで、お前がここにいるの」

不快そうに口にする玉玲。

燕が答えようとした時、「私が連れてきたのよ。何か文句でもあるのかしら？」と、陳徳妃が庇うように声を出した。

陳徳妃が話に入ってきたことに、玉玲は目を丸くしながらも口を開く。

「い、いいえ！　滅相もございませんわ！　ただ……」

そう言って玉玲は、燕を睨みつけた。

「この女はもともと私の家の使用人のようなものです。しかも、決められた婚約を勝手に破棄して男と逃げたような恥知らず。まあその性根の汚さに呆れてともに逃げた男にも捨てられたようですが……。陳徳妃様におかれましては、そばに置く者は選ばれた方がいいかと」

と蔑みをふんだんに込めた言葉を燕にぶつける。

「ご忠告ありがとう。確かにそばに置く者は選ぶべきね」

陳徳妃はにこやかな顔でそう答えたので、玉玲は顔を輝かせた。

「陳徳妃様、分かっていただけましたか。さすがですわ。このような者がそばにいたら品位が下がるというもので……」

「勘違いをしないで」

弾むような調子言葉を紡ぐ玉玲の話を、ぴしゃりと陳徳妃が遮った。

「私は選んで燕をそばに置いているということよ。もう用がないならさっさと行きなさい」

「……！」

玉玲は信じられないとばかりに眉を上げた。何か言おうと一瞬口を開きかけたが、さすがにこの場で陳徳妃に反論しない分別は持っていたようだ。

「は、はい、失礼いたします」

そう言って、玉玲は頭を下げる。

だが、陳徳妃が見えないのをいいことに、顔を微かに横に向けて、燕を鋭く睨みつけるのは忘れない。

そして、玉玲は燕に明らかな敵意を向けながら無言でその場を去っていった。

本当にいつも嵐のようだ。姿が見えなくなるとふうと息をついて燕は陳徳妃に頭を下げる。

「陳徳妃様、申し訳ありませんでした。彼女は私の従妹なのですが、私のことが嫌いみたいで……」

どうして嫌われているのか、燕はよく分からない。だがさすがに嫌われている自覚はあった。

「別に燕が謝ることではないでしょう」

「ですが、私のせいで嫌な思いを……」

玉玲に何かを言われることに燕はもうすっかり慣れている。だから何を言われてもそれほど気にならないが、陳徳妃はそうではないはずだ。

「あれぐらいでいちいち嫌な思いをしてたら、徳妃なんてやってられないわ」

いつもの気の強い笑みでそう言ってくれた陳徳妃の優しさが、燕は嬉しい。

「ありがとうございます……！　それに、あの、陳徳妃様が選んで私をそばに置いていると言って庇ってくださって、嬉しかったです」

燕が照れながらそう言うと、陳徳妃の顔が赤く染まった。

「べ、別に燕のために言ったわけではないわ！　それは私の名誉のために言ったのよ！」と言って、陳徳妃はふんと鼻を鳴らして顔を逸《そ》らす。少々頬が赤いのを見るに、どうやら照れているらしい。

素直でまっすぐな陳徳妃の優しさに、思わず燕の頬が緩むと、

「しかし、厄介な妃を敵に回したかもしれませんよ」

と黎賢妃が静かに会話に加わった。

黎賢妃の言葉に、陳徳妃が顔を傾げる。

「厄介？　どういうこと？」

「先ほどの玉玲という妃、確か慣例を破って後宮に入内したその日に中級に召し上げられた妃よ」

「え？　あれが例の？」

陳徳妃は目を丸くした。

後宮に入内する妃達はまず初めに必ず下級妃に据えられる。その後の、妃としての功績や帝の寵愛の頻度で妃達の階級が上がっていくのだ。しかし、玉玲は入内したと同時に中級妃に据えられた。異例中の異例なのである。

「陛下は何を考えていらっしゃるのかしら。あんな小物を中級妃になんて……」

思案げな顔をして陳徳妃が言うと、玉玲が去っていった扉を見つめる。

「まあ、陛下のお好みは変わっているところがありますからね……」

と黎賢妃が言うと、陳徳妃が正面に向き直って顔を顰めた。

「ちょっと、それだと陛下に寵愛されている私達が変わり者ということになるじゃない」

陳徳妃の不満に黎賢妃は肩を竦《すく》めるだけで応じると、椅子に座るように促した。陳徳妃は黎賢妃の隣にある椅子に腰掛け、燕はそんな陳徳妃の斜め後ろに控える。

「……それで、今日こちらに来た目的は？　見れば、あなたが連れている宮女が壺を持っているようだけど。まさかあなたも私の髪のために贈り物を？」

視線を燕が抱えている壺に向けて疎ましそうにそう口にする。

「ええ、そうよ」

陳徳妃がはっきりそう口にすると、黎賢妃は天を仰いだ。

「あなたまで馬鹿らしい。それほど私の髪が呪われてしまったのが面白いのかしら」

「面白いなんて思うわけないでしょ」

「そう、ならご同情かしら。痛み入りますわ。言っておきますけれど、髪にいいとされるものはなんでも試しております。でも改善しないのです。それは、これが呪いだからですわ。この髪の呪いを解くためには……」

「皇后様に従って節制令に賛同するって？　させないわよ」

嘆く黎賢妃の言葉を遮るように陳徳妃の鋭い言葉が飛ぶ。

「燕、それ、黎賢妃に渡して」

と言われたので、燕は持っていた壺を黎賢妃に差し出す。

だが、黎賢妃は冷ややかな視線でちらりと壺を見るだけで受け取ろうとしない。

「言っているでしょう。髪にいい油なんていりませんわ」

「分かっているわ。ちなみにこれは油じゃない。燕、説明してあげて」

と陳徳妃に促されて燕は口を開いた。

「こちらは香醋です。シャボンで髪を洗った後、こちらを薄めた水で濯《すす》ぎ洗うことで髪のごわつきを除去できます」

「香醋で？」

香醋という単語に興味を示したようだった。髪の手入れといえば油を使うことがほとんどなため、新鮮に思えたのだろう。

燕が差し出した壺を手にとり、蓋を開ける。

「確かに、これは香醋の独特な香り……」

くんと一嗅ぎしてそう評す。

だが、顔は未だ険しい。

「しかしこれを髪につけたら、髪のごわつきが取れるというのは信じがたいわ」

「えっと、こればかりは実際に試してみないことにはわからないかもしれません。シャボンで髪を洗うと、その、どうしても髪がごわつきます。ですが、酢を使うことでそのごわつきを抑えられるのです！　……できれば今夜、お使いいただけたらありがたいのですが……」

燕にそう言われて、黎賢妃の瞳が揺れる。しばらくの沈黙。迷うのは、それほど髪を大切にしているからだ。

「……よく知らないものを髪につけるのは」

少しして黎賢妃が躊躇《ためら》いがちにそう答える。興味はあるが、髪に未知のものをつけるのが怖いのだろう。大切だからこそ。

「私が保証するわ」

そう口を挟んだのは陳徳妃だ。

二人の視線を集めて改めて口を開く。

「この燕はね、沐浴に関することには深い知識があるの。私も彼女の知識に助けられた一人よ。確かに、あなたにとって彼女はよく知らない人かもしれないし、信用ならないかもしれないけれど、私のことはよく知っているでしょう。私は嘘をつかない。その私が、保証するわ」

まっすぐに見つめる陳徳妃の視線を真正面から受け止めた黎賢妃だったが、しばらくして視線を下げて息を吐いた。

「分かりましたわ。あなたがそう言うのでしたら、試してみてもいいです」

「あ、ありがとうございます！　詳しいお手入れの方法は、黎賢妃様の宮女の方達にお伝えしておきます！」

燕は笑顔でそう言うと、黎賢妃は「そうして」と少し気を許した様子で答えたのだった。

次の日の昼頃。再び陳徳妃に連れられて黎賢妃の宮に入った。

今日は先客もおらず、そのまま昨日も訪れた部屋に入る。

そして、扉を開けてすぐ目に入ったのは、光。丸窓から差し込む陽差しを反射するものがある。頭髪だ。

長い黒髪を結うことなくそのまま後ろに流してそこにいたのは黎賢妃。

扉を開けた時にできたわずかな風に、その長い髪が微かにさらさらと揺れる。触れずとも分かる。思わず触りたくなるほどの柔らかさ。

「待っていたわ。陳徳妃」

　黎賢妃が笑顔でそう言うと、陳徳妃がにんまりと笑った。

「ほら、言ったでしょう！」

　得意げにそう答えると、陳徳妃が昨日と同じように隣に座る。

　昨日、燕が渡した香醋の効果は見るに明らかだった。

「そうね。正直驚いたわ。前よりももっと髪の質が良くなった」

　そう言って、黎賢妃が自分の髪を指先で触れる。嬉しそうな笑み。

　だが燕はその様子を見て、不安を覚えた。黎賢妃の表情は確かに昨日と比べると明るくなった。大切に思っている髪の輝きを取り戻せたからだろう。

　でも、少しだけ表情に翳りがある。燕にはそう見えた。

「でしょ。燕の用意した薬剤に間違いはないわ」

　そう言って、燕に片目を瞑ってみせる陽気な陳徳妃に、燕はあいまいに微笑み返す。

　まだ少し翳りがある黎賢妃が気になる。

「ねえ、黎賢妃、これであなたの目下の悩みだった髪のことも解決したわけだし、今まで通り、いえ、それ以上に皇后様の節制令には反対してくれるでしょう？」

　返ってくる言葉は「是」しかない。そう思っている楽しげな陳徳妃だったが……。

「悪いけれど、節制令に反対するつもりはないわ」

間髪容れずに返ってきた黎賢妃の答えに、陳徳妃は目を見開く。横で聞いていた燕は、やはりと妙に納得した。

「な、なんで！　あなたの髪も元通り、いえ、今まで以上になったじゃない！　それなのに、どうして……」

「確かに私は髪の輝きを取り戻した。でも、私の髪が呪われたことに変わりはないわ」

「な、何を言って……」

と絶句する陳徳妃だが、燕は黎賢妃の返答をある程度予測していた。

陳徳妃は髪さえ元通りになればいいと思っていたようだが、黎賢妃が気にしていたのは『不徳を犯して呪われた』ことだ。

燕の作った薬剤で髪質が戻ったとしても、呪われたという事実は変わらない。

「分かるでしょう？　今までと変わらない洗髪方法なのに、突然髪の質が悪くなったのよ。私が、贅沢《ぜいたく》にも沐浴を頻繁に行うことが不徳となされ、罰が下ったということでしょう？　皇后様のおっしゃる通りなのよ」

皇后が言うのは、沐浴は贅沢。節制しなければ、不徳の罰が下るというもの。

でも、沐浴することが罪？　そんなことはあり得ない。あってはならない。沐浴は人の営みの一つ。それが呪いであるわけがないのだ。

燕の中で、ふつふつと何か強い感情が湧《わ》き上がってくるのが分かる。怒りか悲しみか、その情動の意味するところが分からないが凄まじいほどの力がある。どこか薬湯を作っている時と似ている。

誰かのため。大切な誰かが少しでも笑って欲しくて、燕はいつも薬湯を作ってきた。凡庸で、無力な燕が誰かのためにできる唯一のこと。

燕はすっと視線を上げた。

「……黎賢妃様。少しよろしいでしょうか」

黙って話を聞いていた燕はたまらず声をあげる。

燕の真摯な眼差しが、黎賢妃を見つめた。

◆

「どうかしましたか？」

戸惑いを抑えながら、黎賢妃は問いかける。

陳徳妃が連れてきた宮女、先ほどまでは歯牙《しが》にもかけていなかったというのに、突然話しかけてきたかと思うと、もう目を逸らせないほどの静かな迫力がそこにある。

「はい。お水をいただきたいのです。洗髪に使っているお水です」

「え、水？」

突然の話のように聞こえて、戸惑いながら黎賢妃は問い返す。

その戸惑いに気づいているのかいないのか、燕という名の宮女はゆっくりと頷いた。

黎賢妃の目に映る燕の顔に迷いは少しもなく、何か考えがありそうだった。

「用意して。前も言ったけれど、この燕はすっごく腕のいい薬湯師なの。きっと意味があるわ」

という陳徳妃の後押しもあり、少しの逡巡《しゅんじゅん》のあと黎賢妃は頷く。

「分かりました。ですがこの宮にある普通の井戸の水ですよ？」

黎賢妃が念を押すと燕が迷いなく頷くのを見て、自分の侍女を呼んでいつも使っている井戸水を持ってこさせた。

燕はその木桶に入った水を何度か手で掬《すく》っては落とし、掬っては落としと繰り返す。静まり返る部屋の中でその水音だけが響いていた。

何をしているのか聞きたかったが、あまりにも燕が真剣なので声をかけることすら躊躇われる。

黎賢妃はもうそのまま任せようと座り直すと、自身の前髪がさらりと前に流れた。指で耳にかけ直す。柔らかい質感の髪が頰を撫《な》でる。

綺麗な髪だ。我ながらそう思った。

呪いを受けていた昨日までのごわついた髪と全然違う。いや。もっといえば、呪われる前よりも良い。

もし、髪が呪われていなかったらもっと綺麗な髪になったのだろうか。もっと……。

自身の髪を弄《もてあそ》んでいると、先ほどから響いていた水音が変わった。見れば、燕が木桶の水を両手で掬って、それを口にしていた。

ごくり、と音を立てて喉を通る音が聞こえてくる。しばらくの間。

「やはり……」

燕が小さくそうこぼして、黎賢妃を見た。

あのまっすぐな瞳で。

「黎賢妃様のお髪《ぐし》の件、呪いではございません」

「……え？　どういうこと？」

「今から私がお髪を薬湯浸けに、いえ、洗わせていただいてもよろしいでしょうか？」

疑問系ではあったが、否とは言わせない迫力があった。気づけば黎賢妃は頷いていた。

髪は女の命。よく言われる言葉だったが、黎賢妃にとってもそうだった。

幼いながらに、自分の容姿に対し少々冷めた目で見ているような子供だった。客観的に見て、自分は凡庸で、特別美人ではない。

とはいえ多少容姿に恵まれなくとも、恵まれた生まれだ。父親は国一番の商人で財力がある。何不自由なく暮らせる。

問題なのは、いつか後宮に上がると決まっていたこと。皇族と縁を結ぶことが、黎一族の悲願だった。

しかし後宮とは古今東西の美女達が集められ、一人の男の寵愛を競い合う場所。大した顔ではない自分が、その争いに勝てるとは到底思えなかった。だが、一族の悲願。期待を裏切ることも気が引ける。

自身を見つめ直し、そして自分のとある場所に活路を見出した。それが髪だった。顔を変えるのは難しい。けれど、髪なら変えられるかもしれない。

その日から一日の全てを髪のために費やした。

髪にいい油があると聞けば大金を叩《はた》いて取り寄せ、蜂蜜《はちみつ》がいいと聞けば自ら蜂の巣に挑んで獲得した。美しい髪の女がいると聞けば、その秘訣を問いただす。

髪の手入れといえば、油や蜂蜜といった保湿機能のあるものを髪に塗ることがほとんど。確かにそれらを塗ると、髪がしっとりとし、輝く。しっかりとまとまった黒髪は結いやすい。でもそれだけでは、不満だった。

他の女性と同じ方法では埋もれることは分かっていた。

不満を燻《くすぶ》らせる中出会ったのが、西域からやってきたシャボン。初めてシャボンを使った日に虜《とりこ》になった。

シャボンで髪を洗い、水分を拭き取り、香油を塗って何度も櫛で梳《す》く。

さらさらとした質感のなかにもしっとりとまとまる髪。また、シャボンは体臭を綺麗に取り除ける。香油を塗るとその香りだけがふわりと立つのだ。どんな時も自然で爽やかな香りを纏える。

これだと思った。これが自分の武器だと。凡人の自分が後宮でのし上がるために必要なもの。

「お痒《かゆ》いところはありませんか」

夢心地の中、昔を振り返っていた黎賢妃の耳に声がかかってハッとして瞼《まぶた》を上げる。目に入ったのは見知った自分の寝室の天井だ。

それを認めて思い出した。

(そうだった。宮女に髪を洗わせて欲しいと言われて……)

燕という宮女が言うものを用意させて、長椅子に寝転がり、クッションで首を支えて頭を横に出し、頭部だけを洗えるような体勢にされた。

最初は緊張したが、燕の手つきがあまりにも気持ちよくてそのまま少しばかり寝入ってしまったらしい。

「痒いところは、特にないわ」

寝ぼけた声でそれだけ言うと、燕は「分かりました」と答えて、チャプンチャプンという水音とともに、頭を優しく揉まれた。気持ちがいい。

その後は髪を持ち上げて布で拭い始めた。

「もう終わり？　香醋の薬剤は使ったの？」

「今はそれを使いません。私が洗髪したのは、呪いがないことを証明するためですので。では身体を起こしてください」

そう言われ、宮女達の手を借りながらゆっくりと身体を起こした。

髪は大きな布で包んでまとめられていたが、身体を起こしたところで布をとられ濡れた髪が下ろされる。

肩に大きな布をかけているため、衣服は守られているがどうして下ろしたのかよくわからない。

「先ほど、シャボンを使って髪を洗いました。触ってみてください」

「……え？　でも……」

黎賢妃は戸惑った。シャボンで洗っただけでは髪が軋むばかりだということを知っている。

何せ呪われているのだ。

たかが髪のために贅沢をした罪なのだろう。皇后はそう言った。

だが、黎賢妃にとって髪はたかがなどとはいえないものなのだ。

髪は黎賢妃の命で、武器だ……。

皇帝陛下はとても麗《うるわ》しい方だった。一目で恋に落ちた。緊張する黎賢妃のところに来て、イタズラ好きな少年のような笑みを浮かべて、黎賢妃の髪に触れた。

綺麗だと言って、ずっと触っていたいと言ってくれた。

天にも昇るような心地だった。

今までの全てが報われていくような気持ちで……。

「触りたくない……」

思わず硬い声が自分から漏れる。

「香醋を使ってないのでしょう？　触りたくないわ。呪われた髪なんて……」

涙が込み上げてきた。髪は自分の命だった、武器だった。間違いなく。それなのに……。

「大丈夫です。触ってみてください。女性が髪を美しくしようとするその行為に、罪などあるはずがありません」

震えていた指を、燕が握り込む。温かな温度が、震えを止める。

そしてそのまま導かれるように自分の髪へと指を伸ばした。

「……？　こ、これは……」

キシキシと軋むような質感の髪が、そこにあるはずだった。

「呪いを受ける前の髪と同じ……？　軋んでいない」

どうして、もう呪われてしまったあとなのに。

「呪いではなかったのです」

「呪いではない？」

先ほどからずっと燕は呪いではないと言っていた。しかし、実際に呪われた髪に触れていた黎賢妃はそれを素直に受け取れなかった。

だが、確かに今、呪いを受ける前の本来の髪の質に戻っている。

「いつもと洗い上がりに変化があったのは、洗髪に使われていた水の質が変わっただけです」

そういえば、洗髪の前に水を見たいと言われていた。

「今回洗髪に使った水は、黎賢妃様がいつも使っている井戸水ではなく、悠太妃様の宮の井戸水を持ってきて洗いました。髪がごわごわと今までと違った質感になったのは、呪いではなく、水が硬かったからなのです」

水が硬いと言うが、その感覚がよく分からない。水に硬い軟らかいがあるなんて思ったこともなかった。

「水にも硬さがあります。水を飲んだ時の喉の通り方に違いが出ますので、確かめようと飲めば誰でも分かるようなはっきりとした違いがあります。硬い水とシャボンを使って洗うとシャボンかすが、たくさん髪につくようになります。それが、髪をごわつかせた原因です」

「シャ、シャボンかす？」

「あ、すみません。こちらは私が勝手に作った言葉ですが、硬い水でシャボンを使うと、かすが髪にへばりつきます。それをシャボンかすと呼んでいます」

「えっと、待って……。硬い水がいけないということ？　私の宮の井戸の水が硬い？　ですが、今までこんなこと……」

「今、よろしいか」

そう、突然響いた声は知らない男の声で、黎賢妃は身を固くした。

「な、誰ですか」

声は部屋の外から聞こえる。洗髪だけなので衣は着ているが、それでも無防備な格好をしているのでよく知らない者を入れたくない。

「失礼、弘頼です。入るつもりはありません。調べが終わり、報告に参ったまで」

と静かな声が返ってきて、目を丸くした。

（弘頼……？　何故、呪われ皇子が……？　しかも先ほど、調べると……）

戸惑う黎賢妃に気づいてから、そばにいた燕が口を開いた。

「申し訳ありません。弘頼様に、井戸水のことを調べてもらっていたのです」

「え、弘頼様に、皇族の方に調査を……？」

と尋ねながら黎賢妃は動転する。

呪われ皇子といわれる弘頼ではあるが、それでも皇族だ。一宮女である燕が簡単に頼み事をしていい存在ではないはずなのだが。

「弘頼様、お調べの結果はいかがでしたでしょうか」

「玄武宮の井戸を調べたところ、井戸の底に動物の骨の細かい破片がいくつも見つかった。それといくつか見慣れぬ石も。つまり、燕の言う通りの状態だった」

扉の向こうから、弘頼が淡々と報告すると、燕が「やはり、そうでしたか」と呟いてから、黎賢妃へと顔を向ける。

「黎賢妃様、経緯については分かりませんが、井戸の中に動物などの骨、つまり水を硬くするものが入っていたようです。おそらくそれが今回の騒動の原因かと」

「動物……。何かの拍子に生き物が井戸に落ちたということ？」

と疑問を口にすると、扉の向こうから、

「いや、骨以外のものはなかった。砕いた骨を誰かが入れた、と考えるのが妥当かと」

という弘頼の答えが返ってきた。

「誰かが入れた……⁉」

怯えるようにそう言って、思わず自身の肩を抱きしめた。何者かが、飲み水にも使っている井戸に何かを入れている。怖くないわけがない。

青ざめる黎賢妃の手に、スッと温もりが触れた。

燕だ。気遣うような優しい眼差しで見つめると、笑顔を見せる。

「ご安心ください。シャボンを使って洗う際に不都合は出ましたが、飲み水として害はないものです。ですが、今後のこともかねて井戸は一度浚《さら》って綺麗にされた方が良いでしょう」

ゆったりとした優しい声色。じんわりと陳徳妃の心に届いて、気持ちを落ち着かせていく。

(不思議な人……。声に力がある。まるで湯に浸かった時のように、彼女の言葉が染み渡る)

恐怖に硬くなった身体がほぐれていくのを感じながら頷いた。

「……そう、ですね。井戸は綺麗に洗って……」

とこれからのことを考えた時、ハッと思い出した。先ほどまで、黎賢妃の心を病ませていた問題について。

「私、まだ考えが追いついてないのですが、つまり、私の髪がいつもと違うと感じたのは、呪いではなかったということ、ですね?」

「そうです。先ほども言いましたが、髪を美しくしようと頑張る心がどうして罪になりましょうか」

燕の言葉がまたじんじんと温かく沁みていく。髪の手入れに全てをかけていた幼かった頃の自分の記憶が溢れ出す。

今までの努力は、決して不徳などではないのだ。ただただ一心に、純粋に、理想の姿を追い求めてきた今までの自分は決して、間違いではなかった。

「……ありがとう」

そう言って思わず瞼を閉じると、目に溜まった涙がポロリと溢れていった。

第四章

ほかほかとした湯気が立ち上る大きなたらいに、三人分の足が浸かる。

たらいの中には茶色に染められた湯。燕《えん》が用意したドクダミの葉を主に使った薬湯だ。生のドクダミの葉は独特の芳香があるが、その香りが苦手でないなら肌にとても良い効果が期待できる薬湯である。見た目でも楽しんでもらえるように、今日は青紫の菖蒲の花びらを散らした。

「足湯も良いですね。気持ちが安らぎます」

そう言って、ちゃぷんと片足を持ち上げたのは、黎賢《れい》妃だ。

美髪が濡れないように、緩く頭上に束ねている。

安心しきった顔で、足湯で温まって血行の良くなったふくらはぎを満足そうに見やった。

「燕の薬湯は、その日の体調や気候に合わせて入れる生薬を調整しているのだ。ただの足湯ではこれほど安らぐことはあるまい」

そう、どこか自慢げに答えたのは、ずっと目を瞑って足湯の気持ちよさを堪能していた悠《ゆう》太妃。

「ちなみに、三人一緒に薬湯を堪能するのを思いついたのはこの私」

どこか得意げな顔をしてそう言うのは陳《ちん》徳妃。隣の小さな卓の上の干果物を摘まみながらご満悦の表情である。

三人で同じたらいで足湯に興じることを提案したのは、陳徳妃だ。

薬湯に浸かりたいがためにほぼ毎日来る陳徳妃に燕の負担も考えろ、と悠太妃が苦言を呈したところ、「ならばみんなで同じ薬湯を使えば良いんじゃない？」という返答が返ってきた。みんなで一緒に入れば手間も一度で済むでしょ、というのが陳徳妃の言だ。

悠太妃は呆れ果てていたようだが、陳徳妃はほかの妃も誘って実際に実行しているわけだからその行動力はすごいと素直に燕は思う。

「それにしても、黎賢妃の髪、前より輝きが増しているんじゃない？」

「ええ。井戸の底も浚い水も元通りになりましたし、それに加えて香醋を使ったら、より一層髪の艶が増しました。燕のおかげです」

まとめ髪からこぼれた横髪を指先で触りながら、黎賢妃が幸せそうに口にする。

「そんな……！　黎賢妃様の髪の美しさは、黎賢妃様が今まで真剣に丁寧に髪を手入れしてこられたからこそです！　私の力なんて全然！」

と、燕があまりにももったいない言葉をいただき恐縮していると、黎賢妃の瞳が興味深そうに輝いた。

「おかしな人。あの時とは別人みたい」

「え、あの時……⁉　や、あの、すみません。あの時は、なんというか夢中で……！　失礼いたしました……」

と、非礼を詫びていると、何故か陳徳妃が自慢げにふんと鼻を鳴らした。

「謝ることないわよ、燕。あなたの知識が助けになったのは事実。そして、その燕を黎賢妃に紹介した私の見事な差配。黎賢妃、私に対しても感謝した方が良いと思うわ」

高らかにそう宣言されて、一瞬目を丸くした黎賢妃だったがすぐにふっと吹き出すように笑った。

「陳徳妃は、本当に誰に対してもああなのか……」

呆れたような悠太妃の苦笑い。

穏やかな時間が流れる。

のほほんとしたひとときであったが、黎賢妃が笑うのを止めて目線を下げた。

「……ご心配をおかけした皆様に、言っておかなければならないことがあります。例の、井戸の中に獣の骨が入っていた件……」

躊躇いがちな言葉だったが、妃達の間で緊張が走ったのが燕にも分かった。それほど、黎賢妃の言葉には真剣さがあった。

「誰の仕業か、分かったのね？」

陳徳妃の問いに、黎賢妃が頷く。

「……おそらく、獣の骨を入れようと画策したのは、黄《おう》皇后陛下」

しん、とその場が静まり返った。

燕も微かに目を見開いた。

基本的に、悠太妃の宮で過ごす燕は皇后と面識がないどころか、遠目でも見たこともない。雲の上の存在だ。だが、皇后の噂についてはよく聞いている。

後宮の女傑《じょけつ》。皇帝が皇太子の時からの正妃。美しく聡明でいて豪快、曲がったことが大嫌いな女性という話を聞いている。一時期、女性達が皇帝の寵愛を求めて醜く争い合って荒れ果てていた後宮を見事に束ね上げた方。

目的をなすために苛烈になるところもあるが、それ以上に愛のある人。後宮内ではそのような人物だと評され、生ける伝説なのだ。節制令という客観的に見ても無理がある命令が罷《まか》り通っているのも、人望厚い皇后だからこそだ。

(そんな方が、井戸水に骨を……?)

どうも信じられない。それとも噂は噂。実際の皇后の人柄とは違うのだろうか。

燕が戸惑っている間にも、黎賢妃は会話を進める。

「私が、洗髪後に違和感を覚えるようになったのはちょうど二十日前。その日、皇后様が私とお茶をするために、来てくださっておりました」

「ああ、なるほど。あなたとお茶をしているその隙に、宮女達を使って井戸に入れたのね」

「そうです。私の侍女の一人が、井戸の近くにいる皇后様の侍女を見たと……」

黎賢妃がそう話すとその場がまた静まり返った。あのいつも明るく力強い陳徳妃の顔が翳る。

「……これ、言わないいつもりだったのだけれど」

そう言って陳徳妃が自身の手の甲をさする。以前、橙子《とうし》の光毒で荒れたところだ。薬のおかげもあり、当時よりかは随分と良くなったが、まだ少し赤い。

陳徳妃が来た時には必ず手浴用の薬湯も用意してはいるが、日焼けした肌がすぐには元に戻らないのと同じで、完治までには時間がかかる。

「私が昼間に橙子風呂に入ったのは、皇后様に言われていたからなの。皇后様から橙子をたくさんいただいて、橙子の香りが好きだから、その香りを纏って遊びに来て欲しいと、そう言われて……」

いつも強気な陳徳妃の言葉が震えていた。二人の顔は暗い。

二人が直接口にはしないが、もしかしたらと思う心があるのを、燕は察した。

沐浴に関わる呪い騒動は、節制令を推し進めたい皇后の仕業なのではないかと。

「……いいえ、そんなことあり得ない。あの皇后様よ。謀略とかを嫌うあの！」

陳徳妃が、誰かに訴えるようにそう口にする。そんなのあり得ないとは言っているが、顔は険しい。否定したくとも否定しきれない気持ちを抱えているのだろう。

「……そうですね。そんなもの考えても仕方がないこと。私達は、ただ粛々《しゅくしゅく》と節制令を廃止するように努めるだけです」

陳徳妃を元気づけるかのように黎賢妃が力強く言うと、二人で顔を合わせて頷き合った。

真相がどうあれ、とりあえず二人の気持ちはまとまったらしい。

「まあ、とはいえ、それが難しいのよね。皇后様は一度決めたことには頑固だから。私と黎賢妃が二人で反対しても聞く耳など持たれないし」

と陳徳妃が嘆くと、それまで静かに二人の妃のお話を聞いていた悠太妃が口を開いた。

「そういえば、四大妃には、まだ一人いるはずだろう。秦《しん》貴妃は、反対派ではないのか？」

悠太妃の問いに、黎賢妃の顔が曇った。

「いいえ……それが……」

と、言いにくそうにする黎賢妃の後を継ぐようにして陳徳妃が口を開ける。

「来ないのよ！　秦貴妃はね、朝議にすら来ないのよ！　秦貴妃は、現帝の妃の中では最年長。皇后様も、秦貴妃については、その年の功を顧みて最も尊重されている。それなのに、あいつ、妃の朝議に来ないのよ！」

陳徳妃は叫ぶようにそう言って、ゼエハアゼエハア息を荒げた。相当にその妃に対して鬱憤《うっぷん》が溜まっていたらしい。

そんな時だった。

足湯に興ずる三人の妃の元に、桜鈴《おうりん》が慌ただしくやってきた。

「悠太妃様、弘頼《こうらい》様がご挨拶に参られました！」

「またか。毎回毎回、あやつは間の悪い時にやってくる」

呆れたように言って鼻息を鳴らすと、燕を見た。

「燕、毎回申し訳ないが、相手をしてくれるか」

悠太妃が当たり前のようにそう言うので、燕はわずかに目を丸くしたのちおずおずと口を開いた。

「あの、毎回思うのですが、用があるのは悠太妃様なのでは……」

燕が薄々思っていたことを口にすると、悠太妃と陳徳妃はきょとんと間の抜けた顔をした。

「本気で言っているの？」

陳徳妃が訝しげに眉根を寄せてそう尋ねてくる。

周りの皆がなんだか怪訝そうに燕のことを見てくるが、理由がよく分からない。

「ああ、なるほど、そういうことですか」

と何故か、黎賢妃が納得したように頷く。

戸惑っていると、悠太妃が疲れたように息を吐いた。

「あやつがはっきりと物を言わないのが悪いのだ……。とりあえず、燕、私はまだ足湯をしていたい。申し訳ないが、弘頼の相手を頼む」

「あ、はい……」

なんというか、否やと言えない雰囲気に呑まれた燕は頷いた。

「あ！　そうだわ！　燕、ついでに、弘頼様と一緒に秦貴妃の様子を見てきてもらえないかしら。弘頼様から言ってもらえばあの怠《なま》け者だって朝議に来るかもしれないわ」

いいことを思いついたとばかりに陳徳妃がそう提案する。それに眉根を寄せたのは黎賢妃だ。

「陳徳妃、さすがに皇弟殿下に対してそんな下男みたいなことをさせるのは、不敬ではないかしら？」

「あら、いいじゃない。黎賢妃のことだって、井戸水の秘密を見破った燕と、井戸を調べた弘頼様で解決したようなものだし」

「それはそうですけれど……」

と気遣うように視線を悠太妃に移す。

「あやつに気遣いは不要。少しでも役に立てるのなら本望だろう。ただ燕には悪いが……」

と窺うように見られたので燕は笑みを浮かべた。

「いえいえ、そんなっ！　わ、私でお力になれることがあるのでしたら！」

そう答えて頷くのだった。

弘頼に悠太妃が今は会えないと伝えたうえで、秦貴妃の様子伺いをしたいと言えば快く頷いてくれた。

道すがら、陳徳妃から聞いた秦貴妃のことを話す。

「四大妃の一人であるのに、朝議に参加しないとは」

呆れた様子の弘頼がそう言った。

秦貴妃が住まう宮である青龍宮《せいりゅうきゅう》は、後宮の東側にある。南東の隅に位置する悠太妃の宮からはそこそこに近い。話しているうちに青龍宮の門前までたどり着いた。

青龍宮の柱は碧色《あお》に塗られ、屋根瓦は青みがかった黒。全てが寒色に統一された落ち着いた雰囲気のある佇まいだった。

清廉《せいれん》とした宮殿を前に思わず立ち竦んでいると、

「またお前なの？」

と、聞き覚えのありすぎる剣呑《けんのん》な声が聞こえてきた。玉玲《ぎょくれい》だ。

いつもの侍女達を引き連れて、青龍宮の門から出てきたところだ。

「玉玲妃様こそ、どうしてこちらに」

「特別なお酒が手に入ったから、秦貴妃様に献上したのよ。まさかお前も？」

心底嫌そうに玉玲が言うので、思わず燕の身が固くなった。

「いえ、私は……」

「まあ、お前なんかが四大妃様の目に適《かな》うような品々を献上できるわけがないわね。何も持たない、可哀想な燕なのだもの」

と、燕の返答を遮って意地の悪い笑みを浮かべた。

しかし悪意に鈍感な燕は「はい。私はお酒を献上するわけではなく……」と説明したところで、目の前に藍色の衣が割って入ってきた。

「そこまでだ。燕への無礼は許さない」

藍色の衣を身に纏い、いつもの仮面をつけた弘頼だ。燕を庇うように前に出ると、彼にしては珍しく鋭い声色を出す。

ここにきて、玉玲は、弘頼の存在に気づいたらしい。一瞬目を見開いたが、しかし相手が弘頼と分かるとくっと片側の口角を吊り上げて笑った。

「あら、宦官か何かだと思ったら、呪われ皇子ではありませんか。許さない？　ふん、ばかばかしい」

はっきりと嘲笑《ちょうしょう》を浮かべながら言う。

これにはさすがに燕の方がかちんときた。弘頼は、こんなふうに馬鹿にされていい存在ではない。

「不敬です、玉玲様」

燕は弘頼の背中から出ると、玉玲に向かってそう訴える。

「不敬？　呪われ皇子がなんだというの？　陛下のご慈悲でかろうじて命だけ繋《つな》がれている単なる負け犬でしょう？」

「違います！　弘頼様は優しくって、賢くって、美しくって、ご立派な方です！」

あまりのことに声を荒げると、玉玲は一瞬怯《ひる》んだように目を見開いたが、すぐに燕を睨みつけた。

「何⁉　この私に文句でもあるのかしら？　燕のくせに！」

ばちばちと視線が交ざり合う。

「落ち着け、燕」

耳元でそう囁かれて、ハッと燕は我に返る。

「玉玲妃、私達は秦貴妃に用がある。あなたと語る時間はない」

弘頼が冷たい声でそうこぼすと、玉玲はふんと言って顔を背けた。

「私だって、お前達みたいな者と一口も利きたくないわ！」

そう言って燕達に背を向けると、燕を顧みることなくそのまま去っていった。

燕は拳《こぶし》を固く握った。拳に力を込めてどうにか怒りを逃す。

玉玲の足音が遠ざかった頃、力を込めすぎて震える拳を優しい温もりが包む。

「燕、すまない」

「弘頼様が謝るところなんて一つもありません！ ……むしろ私のせいです。玉玲様は私を見下していらっしゃるから、一緒にいる弘頼様まで」

そう自分で言いながら、その通りだと改めて思った。燕が今まで玉玲には何を言っても無駄だと、そう思って何もしてこなかったつけが積もり積もってこうなったのではないか。

玉玲のために薬湯浸けにしたいと声をかけても『お前の入れた薬湯なんて気持ち悪い。どうせ何か悪いものが入っているに決まっている！』と言って取り合ってくれなかった。薬湯に悪いものを入れるなんてあり得ないのに、玉玲は信じてくれなかった。それは燕が玉玲と信頼関係を築くことを怠《おこた》ったが故で……。

そう思って燕は顔を上げる。すると、仮面をしていても分かるぐらいに嬉しそうな弘頼がいて、燕は息を呑んだ。

「ど、どうかされましたか？」

思わず尋ねると、弘頼はさらに口角を上げた。

「すまない、つい。嬉しかったのだ。燕が私のために怒ってくれたことが」

先ほどまでくよくよと思い悩んでいたことが一瞬にして霧散《むさん》した。

(今すぐ、薬湯を入れたい。弘頼様のために)

燕が幸せだと感じた同じ分の幸福を、弘頼に。

「あのう、青龍宮に何かご用ですか？」

訝しそうな声が割って入ってきて、ついつい惚《ほう》けてしまっていた燕はびくりと肩を跳ねた。

声のした方を見れば、女性が胡乱な目でこちらを見ている。着ている衣の色みが薄青色なので、青龍宮の主である秦貴妃の侍女だろう。

ハッとして燕は慌てて弘頼から身体を離した。

今気づいたが距離が近すぎた。顔が熱い。

「……えっと、秦貴妃様にご用があり、参りました」

と、燕は消え入りそうな声で言って秦貴妃への取り次ぎをお願いする。

しかし心の中では、先ほどの弘頼の眼差しのことばかり考えていた。

◆

慌ただしく青龍宮の中に通された。

客間で待たされることになった燕が、物珍しそうにきょろきょろとあたりを窺っている姿があまりにも可愛らしく、弘頼の頬が緩む。

屋敷の外観が少し落ち着いた雰囲気だったのに比べると、青龍宮の内装は思いの外に鮮やか。ところどころに、瑠璃色《るりいろ》に塗られた柱が目を引く。調度品なども瑠璃色を用いたものが多い。

その鮮やかさに、燕は目を奪われているのだろう。

(可愛い。やはり燕は可愛い。瑠璃色が好きなのだろうか。今度何か瑠璃色の装飾品でも贈ろうか。いやしかし、突然贈り物などをしたら燕がどう思うか。もし私が贈った品が、燕の趣味と合わなかったら幻滅しないだろうか。趣味が悪いですね、とか燕に言われたらもう私は生きてはいけないだろう)

鉄仮面のような表情のまま、弘頼の心は燕を中心にして右往左往と慌ただしい。

弘頼の心の中で、燕に『弘頼様と私って、趣味が合いませんね。一緒にいてもつまらない』などと言われて辛すぎて泣きくれる日々を妄想したところで、女性が入ってきた。

銀糸で三つ爪の龍を刺した群青色の高貴な衣。秦貴妃だ。

秦貴妃は気だるそうな顔で、豊満な胸の下で腕を組み、背中を丸めてのっそのっそと歩いてきたかと思ったら、長椅子に腰を下ろしてほとんど横寝のように身体を傾げる。

手に持っていた白い瓶《びん》を口につけて傾けた。

彼女が現れた瞬間に漂った匂いで、その白い瓶の中身を問うまでもなく弘頼は察する。酒だ。

よく見れば顔もほんのりと赤い。

「なあに？　わざわざ皇弟殿下が来たって言うから出てきたのよぉ」

気だるげな言葉遣い。思わず弘頼は目を見張る。

（酔っ払いだ……）

どこからどう見ても恥ずかしくない酔っ払いが、綺麗な衣を着てそこにいる。

四大妃の一人として大丈夫なのか⁉　と訴えたい気持ちが湧くがどうにか堪《こら》える。

「ちょっと、何？　用件があるなら早くしてよぉ」

秦貴妃に急かされ、戸惑っていた弘頼は姿勢を正して口を開く。

「秦貴妃は、妃の朝議に来られてないと聞いた。理由は？」

弘頼がそう言うと、秦貴妃はまた酒瓶を呷《あお》ってから口を開いた。

「別に、朝議ぐらいいいじゃなぁい。私がいなくても、皇后様がいればうまく回るわよぉ」

それが回らないから来たわけだが。

と叫びそうになったが、これもどうにか堪える。弘頼は我慢が得意だ。

あまり責めない方が得策だろう。もし不快に思われて、こちらの言い分を突っぱねられては困る。

（ここで秦貴妃をうまく説得できれば、きっと燕は私のことを見直すだろう。そして、うまいこと節制令の問題を解決したら……もしかしたら、燕は私のことを好きになってくれるかもしれない……）

頭の中で、燕と弘頼の甘酸っぱい恋物語の妄想を思い浮かべてから、弘頼は秦貴妃を見据えた。

「節制令のことは聞いていないのか？　このまま皇后様の暴走が続けば、節制令の内容がどんどん過激になっていく」

「え？　せっせれー？　何？　お祭り？」

きょとんとした顔で秦貴妃が言うので、その場に沈黙が流れた。

弘頼も言われたことが信じられず、燕の方を見る。燕も驚いているようで、目を見開いて秦貴妃を凝視していた。

（燕もさすがに驚いているな……。四大妃の一人であるはずなのに、後宮のことを何も知らないのはさすがにな……。とはいえ、燕は驚いている顔も可愛らしい）

秦貴妃の後宮政治への無頓着《むとんちゃく》さに動揺していた心が、燕のおかげで浄化されて落ち着いてきた。

燕がいなかったら、きっと怒鳴り散らしていたに違いない。さすが燕である。

弘頼は、ごほんと咳払《せきばら》いをしてから口を開いた。

「お祭りではない。節制令だ。皇后陛下が、後宮の女達の沐浴を節制しようとなさっている。皇后様の言うままに節制令が進められたら、妃としていつかは清拭できるのが七日に一回になるかもしれない」

「え⁉　七日に一回⁉　清拭が⁉」

「そうだ。今、陳徳妃と黎賢妃がなんとか抑えてくれている。が、このまま抑え続けられるとは限らない。秦貴妃、朝議に出なさい。そして皇后陛下をお諫めするべきだ」

「それは、そうだけど……」

迷うように秦貴妃は視線を左右に揺らす。

しばらく俯いてどうするべきか考えていたようだが、バッと顔を上げた。

「陛下は？　陛下は何もおっしゃらないの？」

秦貴妃が至極まともで当然の指摘をしてきて、思わず弘頼はうっと微かに唸った。ここをつかれると辛い。

「陛下は、あれだ。……後宮の問題は後宮の者達で片付けよと仰せだ」

「えー、そんなぁ。勝手すぎなーい？」

秦貴妃に同意するのは完全に癪《しゃく》だったが、しかし同意せざるを得ない。

皇帝が、皇后の暴走を止めてくれたらすでに解決していた問題なのだ。

皇帝とは幼い頃からの付き合いだが、本当にそういうふざけたところがあるので困る。

「うーん、節制令ねえ。皇后様は、ちょっと思い込みが激しいと言うか、苛烈すぎるところがあるものねぇ」

めちゃくちゃ分かる。皇后とも付き合いの長い弘頼は、力強く頷いた。

最初こそ、酒臭いし言葉遣いもふざけているしで、秦貴妃の評価を下げていたが、弘頼が思うよりかは真っ当なのかもしれない。

そう、少しばかり彼女の株を上げた時だった。

「でも、朝議には出たくないわぁ」

「は？」

「だってぇ。私が言ったところで皇后様がご意見を変えてくださるとも思えないし。それに何より……」

と言って、秦貴妃は一度言葉を止めて、少しばかり溜めてから口を開く。

「朝だるいのよね。頭が痛くってぇ」

と自分のこめかみのあたりを指で押さえて、悩ましいため息を吐く。

一体どんな理由があって朝議に来ないのかとヤキモキしていた弘頼は、眉根を寄せる。

「それは二日酔いだろう。酒を控えなさい」

弘頼はすかさずそう指摘すると、秦貴妃はムッと唇を尖らせた。

「もう！　二日酔いなんかじゃないわよぉ！　お酒は私の命！　それにちゃんと酒飲みとして自分に合っている酒量ぐらい把握しているもの。酒量は今までと一緒。増やしてないのよ」

「今までと一緒だからいけないのだろう」

「ええ？　どういうことぉ？」

「だから年なのだ。若い頃と同じ量だからいけないのだ」

弘頼はそう言ってから、遅れて自分の失言に気づいた。

秦貴妃の顔が引き攣っているし、心なしかこの場の空気が凍りついている気がする。

「えー？　何？　私が年寄りだからぁ、酒に弱くなったってことぉ？　まあ確かに？　十代の子ばかりのこの後宮の最年長でぇ、三十年以上も生きててぇ……へえ、ふーん、そうなのぉ」

と何かを抑えるようにゆっくりと話す秦貴妃の顔は笑顔であるというのに、憤怒《ふんぬ》の波動しか感じない。

「いや、年のせいという話ではなく……」

「えー？　じゃあ、一体どんな話だったのかしらぁ？　私の朝の頭痛は、年のせいなのでしょう？　ねえ？　そう言ったでしょう？」

秦貴妃の血走った眼差しが怖くて、弘頼は思わず顔を伏せた。

（やってしまった……）

弘頼は悔やんだがもう遅い。怒らせてはいけないと思っていた相手を怒らせてしまった。

衣擦《きぬず》れの音が聞こえてきた。秦貴妃がこの場から立ち去るために、立ち上がったのだ。

（いけない。どうにか止めなくては……！）

そう、弘頼が思った時だった。

「やはり！　一目見た時からそうだと思っていたのです！」

そう場違いなほどに大きな声を発したのは、隣にいる燕。

燕は、その場をすっくと立ち上がるとすたすたと迷いのない足取りで、秦貴妃の目の前に立ちはだかる。そしてあろうことか彼女の肩を両手で掴んだ。

（まさか、私の失態を取り返すために自ら引き留めようとして……⁉　しかしそれは悪手だ……！）

弘頼は焦った。秦貴妃がただの酔っ払い女にしか見えなかろうと、彼女は貴妃だ。無礼を働けば、宮女の首など容易《たやす》く飛んでしまう。

「ちょ、えっ……何⁉」

案の定、貴妃は不快そうに顔を顰めた。

「燕……！」

燕を止めようと思って弘頼も立ち上がると……。

「これは、私が想像していたよりもひどい……とてもひどい身体です！」

と、秦貴妃の身体を舐《な》め回すように見てから何故か気の毒そうに燕が言う。

その言葉に、秦貴妃の目がカッと見開いた。

「ひ、ひどい身体って失礼じゃない⁉　確かに私はほかの妃と比べて老いてるし太って

「……豊満だけど！　これぐらいの熟《う》れ具合がいいって人もいるんだからぁ！」

と言って、秦貴妃は燕から身を引こうと動くが、燕の力が思いの外強くて離れられないでいるようだった。

「薬湯に！　薬湯浸けにしなくては！」

「は？　ちょっと、何……薬湯？　弘頼殿下！　黙って見てないで助けなさいよぉ！」

秦貴妃が、弘頼に助けを求めてきた。呆然としていた弘頼だったが、ハッとして燕の元まで行く。

「燕、どうしたのだ？」

そう問いかけながら、燕の横顔を覗き見て息を呑んだ。

まっすぐ秦貴妃を見据える燕の横顔に鬼気迫るものがある。

燕は普段はどちらかといえば可憐《かれん》で、純粋で、儚《はかな》げな印象が強いのだけれど、時折こんなふうな顔をする。

燕がこんな顔をする時は、いつも誰かのためだ。きっと今は秦貴妃のため。

燕は秦貴妃の肩に置いていた手を下ろすと、弘頼の方を向いた。

「弘頼様、私分かっています。弘頼様がわざと秦貴妃様を怒らせた理由。私に彼女の立ち姿を改めて見せるためですね⁉」

そう言って、燕の顔が弘頼の方を向いた。真摯な眼差しを向けられて、どきりと胸が高鳴る。

だが……。

（別にわざと秦貴妃を怒らせたわけではないのだが……）

少し戸惑った。しかし、燕の瞳が弘頼を信頼しきったように輝いているので、思わず頷いた。

「いかにも」

「やはり！」

燕は眩しいばかりの笑みを浮かべると……。

「ちょっと、ちょっとぉ、さっきからなんなのぉ⁉」

と、秦貴妃はたまらず声を張りあげた。とはいえ燕が怖いのか、弘頼の後ろに隠れて距離をとろうとしている。

「秦貴妃様の朝の頭痛は、お酒のせいでも、年齢のせいでもございません！」

「は、はあ？　なんなのもう突然……！」

「私は薬湯師です。私の薬湯で頭痛を解消してみせます。私を信じ、大人しく薬湯浸けにされてください」

「や、薬湯浸け⁉　何その恐ろしい響き！　ていうか、そぉんなこと言われても、信じられないんですけど⁉」

と、警戒する姿勢を崩さない秦貴妃。

弘頼は秦貴妃に向き直り、頭を下げた。

「秦貴妃、先ほどの失言は謝罪する。そしてどうかここは燕の提案を受け入れていただきたい」

燕には何か考えがある。そう確信して頭を下げた。

呪われ皇子とはいえ皇族の男子が頭を下げたことに、秦貴妃は驚いたのか息を呑むような音がした。そして……。

「もう！　なんなのよぅ！　さっきから！　その薬湯に入ったら朝の頭痛がなくなると言いたいの？」

と言って、秦貴妃はぷうと頰を膨らませる。

「はいっ！　そして朝、頭痛がなくなりましたら、朝議に出て欲しいのです！」

そう言って、燕も頭を下げた。

そして改めて秦貴妃は燕と今なお頭を下げ続ける弘頼を見て、ふうと息をついた。

「わかった。わかったわよぅ。なんだかよく分からないけれど弘頼殿下に頭を下げられては、断りにくいわ。その薬湯とやらに入ってあげる」

秦貴妃の返答を聞いて、弘頼は顔を上げた。

しかし、秦貴妃の顔にはまだ怒りの色がある。

「けれど、私からも条件があるわ。私が入りたくなるような薬湯を用意してぇ？　私が入りたくないと思ったらそこで終わり、いいわねぇ？」

そう言って、挑戦的な眼差しで燕を見つめる。

弘頼は嫌な予感がした。入りたくなるような薬湯とは言うが、秦貴妃の顔にはまだ怒りが見える。燕が何を用意しても、秦貴妃は適当な理由をでっち上げて入浴を拒否するのではないだろうか。

しかし弘頼の心配とは裏腹に、燕は「分かりました」と言ってその勝負を受けたのだった。

◆

秦貴妃の宮の中に造られた沐浴場。そこには地面を掘り、丸く磨いた石を敷き詰めて造った風呂がある。

その風呂釜に湯気が立ち昇っていた。突然訪れた弘頼殿下が連れてきた宮女、燕が薬湯を入れたのだ。

目の前の湯船を見つめ、匂いを嗅ぐ。

「……まさかこうくるなんてねぇ」

そんな声が薄い生成《きな》りの衣を一枚だけ身につけた秦貴妃の口から漏れる。

改めて鼻から息を吸い込むと、自分の大好きな芳醇《ほうじゅん》な香りが胸いっぱいに広がる。

そう、この匂いは。

「お酒ね?」

「はい、本日ご用意いたしましたのは、酒風呂にございます。湯に手桶半分ほどのお酒を入れました」

風呂の脇に控えていた燕がそう答える。

目の前の湯気が立ち昇る風呂には、酒が入っているらしい。思わず秦貴妃は苦く笑った。

(やられたわぁ。薬湯と聞いたから、てっきり薬草を煮込んだものかと思っていたのに)

秦貴妃は、薬湯の独特な草っぽい匂いが苦手だった。

それを自覚していたからこそ、燕に『私が入りたくなるような薬湯を用意してぇ? 私が入りたくないと思ったらそこで終わり、いいわねぇ?』などという不公平な勝負を仕掛けた。

薬湯独特の匂いが苦手などと言って拒否するつもりだったのだ。

しかし目の前にあるのは、草っぽい匂いなどが全くない酒風呂。酒飲みの自分がこれを苦手などと言えば嘘であることがまる分かりだ。

「まいったわ。これでは、匂いが苦手で入れないなんて言えないわねぇ。……もしかして、草っぽい匂いを私が苦手としているの、知っていたの？」

そう問いかけると、燕は首を横に振った。

「そういうわけではありません。ただ、多くの方にとっては身体に良いとされるものでも、人によっては毒になることもあるのです。食べ物にしても海老《えび》や卵が誰かにとっては毒となり得る。私はその方にとっての毒を見極めて薬湯を作っております。詳しくお話を伺えなかったので、秦貴妃様にとっての毒が分かりませんでしたが、ただ一つ、お酒については強い耐性があるのが明らかだったので酒風呂を用意いたしました。それに酒風呂は、身体をより一層温め、気の巡りをよくします。今の秦貴妃様にはぴったりかと」

そう言って微かに笑みを浮かべる燕が、さあどうぞとばかりに秦貴妃に手を差し出した。

秦貴妃はくすりと笑って、その手に自分の手を重ねる。

それでも薬湯になんて入りたくないと突っぱねることもできなくはないが、今はもう秦貴妃自身が、その風呂に入りたくてたまらなくなっている。

燕に誘導されるまま歩み寄り、魅惑の酒風呂の中へと身体を沈めた。

「ああ……」

思わずといった具合に心からの言葉が漏れた。

すごく心地いい。久しぶりに心地よいと思えた。身体が、楽だ。

背を預け、楽な姿勢で座り、温かいものに抱かれて大好きな香りに包まれる。これだけのことが、これほど心地よいとは。じんじんと湯の熱が骨身に染み入ってくる。

先ほどまで燕や弘頼に感じていた憤りが熱に溶かされどうでもよくなっていた。

しばらく無言で、ただただその心地よさに身を委ねていたが、秦貴妃はふと口を開いた。

「それで、これに浸かれば私の頭痛がなくなるって本当かしらぁ？」

そばで湯温の調整をしていた燕に問いかける。

「はい。明日、頭痛がなくなっておりましたら朝議にお越しください」

「ふーん。正直、薬湯でどうにかできるとは思えないのよねぇ。だってぇ、頭痛って、肌荒れとかと違って頭を直接薬湯に浸けて治療するものでもないしぃ。……だいたい二日酔いでしょう？」

秦貴妃だって本当は分かっている。身体の不調の原因は、酒のせい。いや、今までと同じだけの酒量を受け付けなくなったこの老いた身体のせいだと。

「それはまた明日、お確かめください」

そう答える燕の朗《ほが》らかな顔には、確かな自信が見てとれた。

「自信があるのねぇ。この薬湯に若返りの効果でもあるのかしら。これで私の『ひどく老いた身体』とやらも良くなるといいのだけどぉ」

燕達の発言に対する怒りは確かに湯の温かさで溶けていったが、だからといって全ての引っ掛かりがなくなったわけではない。少々揶揄うような気持ちでそう言うと、燕はキョトンという顔をして、「ひどく老いた身体……？」と口にした。

なんの話をしているのだろうと言いたげだ。

「あら、自分で言ったことも忘れたの？　弘頼殿下は私の頭痛を老いのせいだって、あなたもひどいって言ったじゃなぁい！」

秦貴妃がそう言うと、燕は目を見開いた。

「いえ！　違います！　勘違いなさってます！　あの、その、頭痛は老いのせいではないのです！　弘頼様だって、そう思っていらっしゃいます。弘頼様が秦貴妃様を怒らせるような発言をしたのは、本意ではなく！　秦貴妃様を立たせるため、いえ、私に分からせるためだったのです！　秦貴妃様を見た時から、ずっと気になっておりましたので、それで弘頼様が手助けしてくださったと言いますか……！　弘頼様のおかげで秦貴妃様の不調の原因がはっきりと分かりましたし……！」

と顔を真っ赤にしてもごもごと慌てたように燕が言い募る。

先ほどまで、どこか泰然としているように見えた燕の様子が変わった。

しかも話している内容のほとんどが弘頼の弁護。

それをまじまじと見つめてから、秦貴妃は口を開く。

「あらぁ。なんだかよく分からないけど。すっごく、一生懸命なのねえ？」

「そ、それは、だって、後宮の一大事と言いますか、このまま皇后様の節制令が厳しくなってしまえば、お妃様方がお風呂に入れなくなってしまいますから」

秦貴妃の意味ありげな視線に戸惑いながら、燕は答える。

「確かに妃達は困るかもね。でもぉ、あなたは困らないじゃない？」

「えっ……」

と言って、燕は言葉に詰まったようだった。それがなんとなく可愛らしくて、秦貴妃はニヤリと笑う。

「それなのに、節制令廃止のためにそんな必死なのはぁ、誰のため？」

「そ、それは……お仕えする悠太妃様のためです」

消え入りそうな声で燕が返す。

だが、それだけではないのだろう。先ほどまでのきりりとした薬湯師としての燕がなりを潜め、そこにいるのは誰かに恋する女の子だ。

（まあ、可愛らしいこと。お相手は、弘頼殿下かしら）

などと思いながら、秦貴妃はくすくすと笑い声をあげた。

◆

夜明けから一刻ほどすると、後宮内では妃達が集まっての朝議が行われる。

今日も鐘の音を頼りに、続々と朝議の場に妃達が集まってきていた。

現在、後宮の妃の数は五十人ほど。歴史を紐解けば千人以上の妃を抱えた時代もあったので、現帝の後宮はまだまだ小規模なものといえる。

それでも、色鮮やかな衣を纏う女性が数十人と集まる朝議の場は、十分に華やかであった。

「それでは、朝議を始めます」

そう宣言したのは、朝議の場の奥、壇上の中心に腰掛けた皇后。

黒糸で鳳凰《ほうおう》を刺し描いた金色の衣は、窓から差し込む朝陽を反射して誰よりも輝いている。髪は頭上にきつくまとめられ、黄金で作られた冠がそれを飾る。

その眼差しは鋭く、赤い紅を施した唇は形良く、肌は磨かれた玉のように白く滑らか。

ほっそりとした体型と、その肌の白さから儚ささえ感じる佳人であるのに、その意志の強そうな瞳には覇王のような迫力がある。二つの相反する要素が、何故か馴染む、そんな不思議な魅力に溢れた人物。

かつては侍女として仕えていた皇后を見るたびに、陳徳妃はそう思う。

「皇太后様は、本日も体調が思わしくなくてご不在です。それと……秦貴妃も」

皇后が二つの空席を見て、そう答える。

その様を見て、陳徳妃は軽く眉根を寄せた。

（今日も、秦貴妃はお休み……。昨日、燕に行ってもらったから、もしかしてって思ったけれど……）

今日も秦貴妃は不在。

隣にいる黎賢妃を見ると、彼女もこちらを見ていた。無言で頷き合う。

今日も二人で、皇后の節制令をどうにか押しとどめねばならない。

「妃付きの宮女以外の宮女達には沐浴の機会を五日に一度にしましたが、これといって問題があるという報告は上がっておりません。それどころか、沐浴の回数を減らしたことで、夢に瑞獣が現れたなど、嬉しい話も上がっております。やはり、過剰な沐浴、特に風呂などというものは、不徳行為だったのでしょう。それが証明されつつあります」

皇后がそのよく通る声でつらつらとそう語ると、朝議の場がシーンと静まり返った。

妃達の中でも多くの者が、節制令に思うところがある。本当は表立って反対したいが、皇后の顔を立てて何も言えないでいるのだ。

その気持ちは分かるし、それでいい。

たとえ何かを言おうとしても、中級妃以下の妃の言葉を皇后は聞き入れない。

いや、普段の皇后であるならば、下級妃の言葉でも耳を傾けた。でも、今回だけは違う。

皇后は節制令を推し進めるために、誰の声も聞かぬふりをしている。

（どうして、皇后様はこれほどまでに頑なでいらっしゃるのだろう）

皇后は、元皇太子妃。つまり現在の皇帝が、即位する前から夫婦の契《ちぎ》りを交わしている。加えて皇太后の姪でもあるため、皇帝とは幼い頃からの付き合いらしい。

二人の間には確かな絆《きずな》がある。だが後宮の慣例に従って、もともと皇太子妃であった皇后ですら下級妃という身分で後宮に入った。

当時の後宮は混沌《こんとん》に満ちていた。妃達は足を引っ張り合い、騙《だま》し騙され、一人の寵愛を奪い合うために人を貶めるのが日常。宮女達は犬以下の扱いで、妃の小競り合いで罪を着せられ命を失う者もいた。

侍女として、ずっと皇后に仕えていたので、後宮の惨状は皇后とともにずっと見てきた。

皇太后は当時から身体が弱く、表には滅多に出てこない。だからこそ、若く野心的で軽薄な妃達が好き勝手に振る舞っていた。

最初は静観していた皇后だったが、哀れにも妃達の見栄の張り合いで失った命を目にしてついに動きだした。

それは一言で言って、苛烈。

悪辣な妃の不正を片っ端から暴いて下級妃から淑妃という上級妃への昇進を果たすと、宦官に賄賂《わいろ》を与えて私物化することを禁じ、他者を貶める者には重い罰を科すなど規則を正した。

皇帝の働きかけで皇后の父親が右宰相に就任すると、いよいよ敵はいなくなった。

どろどろと常に重たく濁りきった空気を孕む後宮が、皇后のおかげで変わった。爽やかな風が吹いた。

陳徳妃は、その皇后の苛烈な正しさを皇后に仕える侍女として一番近くで見ていた。強く憧れた。このまっすぐ前しか見ない強い方についていこうと決めた。

そしてその後皇帝に見初《みそ》めてもらい、徳妃に昇格したのちにこの地位は皇后を支えるためだけにあると思って慕ってきた。

それなのに……。

(皇后様は、確かに目的のためなら苛烈なことも厭《いと》わない強さがあった。でも、苛烈になれるのは、物の道理を思うからこそ。こんな、理不尽な節制令を己が権力で推し進めるなんてあり得ない)

と、陳徳妃はそう思う。そう思うのに……。

見つめた皇后の口からは冷たい言葉が漏れる。

「本日より節制令を全妃に適用しようと思う。宮女でもできたことだ。問題なかろう」

朝議の場がざわついた。

全妃に適用。つまり、湯船に浸かることができず、身体を拭うのも五日に一回しかできなくなるということだ。

「皇后陛下、それについては物申したく思います」

陳徳妃がそう口にすると、皇后の鋭い眼光がこちらを向いた。だが、ここで怯んではいられない。

「なんだ」

「皇后様、お気づきでしょうか。最近、陛下が後宮へ御渡りになられておりません。理由は、その節制令にあるのだという話も上がっております。宮女達に節制令を強いたことで清潔を保つことができず、人の体臭が後宮全体で匂っているのです」

「……何か、勘違いしているようだ」

そう言って、皇后はため息をついた。

何を勘違いしているというのか、陳徳妃は片眉を上げた。

「匂うのは、沐浴を制限したからではない。それこそが、水を贅沢に使っていた我々への天帝からの罰だ。むしろこのまま風呂を良しとすることで、後宮が乱れ、さらなる天罰が下るだろう」

「違います、天罰などではありません！」

「実際、後宮では不穏なことが度重なっている。そなたも耳にしたことがあるだろう？顔などに妙な痣《あざ》が出てきたり、謎の体調不良に悩まされたり……陳徳妃の手の甲が荒れたのも呪いの片鱗《へんりん》だろう」

「こ、これは……！」

違う！　皇后様の策略よ！　と声を大にして叫びたい衝動に襲われたが。それをなんとかぐっと呑み込んだ。

陳徳妃にとって皇后は、ほとんど神に等しい憧れだ。

この期《ご》に及んでまだ、皇后を責め立てる言葉を直接口にできない。

皇后は、こんなふうに人の意見を無下に扱わない方だったはずなのに。

「皇后様、私も陳徳妃の意見に賛成でございます。天罰などあり得ません」

そう言ったのは黎賢妃だ。眉間に皺を寄せて、皇后を見る。

「ほう？　何故そう思う。そなたとて、一時期は自慢の髪が怪物のように荒れ果てたと聞いている。あれも天罰の一つだろう」

「違います。あれは、何者かが私の髪を乱すために仕掛けた罠《わな》。決して天罰などではありません。その証拠に、髪が乱れた原因を取り除くことで、かつてのように、いえそれ以上の状態に変わりました」

「そなたも勘違いをしている。髪の状態が元に戻ったのは、宮女にだけでも節制令を敷いたからだ。後宮内の強欲の不徳を少しでも抑えたからこそ、天罰が抑えられたのだ」

あまりにも、理の通らない話をされて黎賢妃は目を丸くした。

何を言っても皇后は、節制令を推し進めるつもりのようだ。もう誰も止められない。

せめてもう一人、秦貴妃さえいてくれたら……。

恨みがましく本来貴妃が座るはずの空席を睨みつける。

すると、ぐぐ、と鈍い音がした。朝議の場の両開きの扉の開く音だ。

外の眩しい光を背にして、豊満な身体つきの女性がゆっくりとこちらへ歩いてくる。

（あれは……間違いない！）

思わず陳徳妃の口角が上がった。

「秦貴妃様のお越しにございます！」

扉を開いた宦官が、そう声を張りあげる。

こつこつと木靴を鳴らしながらまっすぐ前へと歩く。そして皇后がいる王壇を正面にして拱手《きょうしゅ》するとともに深々と頭を下げた。

「皇后様、朝議の場に遅れましたこと、誠に申し訳ございません」

「秦貴妃か……久しいな」

皇后がわずかに顔を綻ばせてそう声をかける。

その顔を見て、陳徳妃は自分でも不思議なほどに嫉妬《しっと》で胸が焼けた。皇后と秦貴妃は昔から絆が深い。

まだ皇后の父親の身分がそれほど高くなかった頃、悪辣な妃から皇后を守ったのはこの秦貴妃だと聞いたことがある。今も昔も秦貴妃の父親の身分は高い。その秦貴妃が皇后のそばにいる、というだけでどれほど当時の皇后の助けになったことか。

陳徳妃がただただ皇后に憧れを抱くことしかできなかった頃、秦貴妃は崖の上で獅子《しし》と戦うような日々を送る皇后を陰ながら守り支えていたのだ。

今はただの呑兵衛《のんべえ》の酔っ払いで、大事な朝議の場も平気で欠席する不良だというのに、皇后との間には確かな信頼関係がある。それが陳徳妃には面白くない。

「皇后様もお久しゅうございます。たびたび朝議を休んでしまい、申し訳ありません」

朗らかに笑いながら秦貴妃は言うと、空席に腰を下ろす。

そして、改めてという形で皇后を見た。

「ねえ、皇后陛下。私がいない間に、節制令というのが出たとか。けれど少し言わせて欲しいのだけど、話を聞いた感じ、あんまり良くない命令だと思うの」

思わずどきりと胸が鳴ってしまいそうな艶《なまめ》かしい笑みで、秦貴妃はそう告げた。

◆

昼下がり、毎度恒例になってしまった悠太妃の宮にある東屋で行われる足湯の会。水音と、女性達の華やいだ声が沸き立つ。

大きめなたらいに桜の樹皮を使った薬湯を入れて、四人の妃が足湯に興じている。

妃が集まって足湯をするのは見慣れた景色の一つだが今日がいつもと違うのはこの足湯

の輪に一人妃が増えたことだろう。

「この桜湯っていうのもいいわねえ。足湯じゃなくて全身浸かりたいぐらぁい」

ふわふわとした秦貴妃の声。頰を紅潮させて、垂れ目がちな大きな瞳が燕を見つめる。

今日も今日とて、艶っぽい秦貴妃に燕も同性ながら照れて頰を赤くした。

今日は桜の樹皮を乾燥させたものを使って、桜湯を入れた。桜の甘く優しい香りがあたりに広がっている。

「秦貴妃はあまり草木の香りのする薬湯は苦手と聞いておりましたので、そう言っていただけたのは嬉しいです」

「苦手だと思っていたけどぉ、苦手じゃなかったみたい。それとも燕が入れてくれた薬湯だから特別に感じるのかしらぁ？」

などと嬉しいことを言ってくれるので余計に燕は照れてしまう。

「ちなみに私、燕に全身浸かれる量の桜湯を用意してもらったことあるけれど、最高だったわよ」

私、経験ありますけど？　といった具合で話に割り込んだのは、陳徳妃。

「燕。明日は泡風呂でお願いいたします」

と、しれっとした顔ですかさず要望を伝えるのは黎賢妃だ。

現帝の妃三人、仲良く囲って燕の足湯を堪能していた。

和気藹々《わきあいあい》と、和やかな時間だったが……。

「……お前達、いい加減にしないか」

悠太妃が静かに、しかしふんだんに呆れを込めて言う。

「あらあ、悠太妃様、泡風呂は苦手ぇ？　でしたら、酒風呂なんかいかがかしらぁ。二日酔いの頭痛がなくなるのよぉ！」

「そういう話をしているのではない……」

疲れたように悠太妃が言う。

そして燕は秦貴妃の話で気になることがあったため、慌てて口を挟んだ。

「あ、秦貴妃様、違うのです。秦貴妃様の朝の頭痛は、二日酔いではなくて……肩凝りからくる頭痛で……」

「か、肩凝り？　肩凝りで頭痛？」

と言って、意外そうな顔で自分の肩に手をやる秦貴妃。

「恐れながら、その、秦貴妃様は、姿勢があまりよろしくなく、所謂《いわゆる》猫背というものなのかなと。背を丸くしていると、肩凝りがひどくなることが多いのです。肩が凝り固まることで気の流れが停滞し、頭の方にまでうまく気が流れず、痛みに繋がるようなのです」

初めて秦貴妃と面会した時は本当に驚いた。なんといっても、姿勢が悪すぎるのだ。

あれでは、身体中が凝り固まってしまっているはずだ。おそらく肩だけでなく、腰にもきているはず。

それでも最初は秦貴妃の身体の凝りについて半身半疑だったが、弘頼が機転を利かせて改めて秦貴妃を立たせてくれたことで確信した。立つ動作を見た時に、秦貴妃の身体の凝りや歪みは明らかだったからだ。そして肩を摑んでみたらカッチカチ。かなりひどい肩の凝りようだった。

(弘頼様は秦貴妃様のお身体の不調を瞬時に見破り、私に示してくださった。本当にすごい方。それでいて偉ぶるようなところもない。あの時も、全て私の力だとそうおっしゃってて)

あの時のことを思い出して思わず頬が赤く染まる。

弘頼にお礼を告げたら、逆に弘頼から礼を返され、全て燕のおかげだとまで言ってくれたのだ。本当にできた人だと燕は思う。

「あらやだ。確かに、背は丸くなっちゃうのよね。前がどうしても重くってて ぇ」

と言って自分の両腕で豊満な胸元を寄せた。

つられて燕も胸元を見てしまい、今にもこぼれ出てしまいそうなそれに慌てて視線を逸らした。

なんとなく、この場に弘頼がいないことにホッとする。

「ちょっと、これ見よがしに胸を強調するのはどうかと思うわよ」

と、陳徳妃が秦貴妃の胸元を見ながら文句を言う。

「えー、別に強調したつもりはなかったのだけどぉ。でも、そう見えてしまったのなら、ごめんなさいねぇ？」

とのたまう秦貴妃に言い返す言葉が見つからなかったのか、陳徳妃は軽く舌打ちをして黙った。

そのやりとりを微笑ましく見ながら燕は口を開く。

「酒風呂は、通常の湯よりも身体を芯から温め、気の流れを促進する働きが期待できるのです。それが身体の凝りをよくほぐしてくれます……！」

「へええ。昨日の朝は本当に爽快だったわ！　身体が軽くなったわぁ。酒風呂が気の流れ？　っていうのを整えてくれたおかげなのねえ。おかげで朝議にも出られた」

と、秦貴妃が明るい口調でそう言うと、その場にわずかに緊張感のようなものが漂った。

おそらく思い出したのだろう。昨日の朝議のことを。

「秦貴妃が来た時は、これは勝ったと思ったのに……！」

と悔しげにそうこぼすのは陳徳妃だ。

朝議にて、皇后による節制令が強行されそうになったその時、颯爽《さっそう》と現れたのがまさかの秦貴妃。

節制令に反対する意思を示してくれた。秦貴妃に恩義があり、かつ目上の者を敬う道徳心に満ち溢れている真面目すぎる皇后ならば、秦貴妃の意見を尊重してくれるだろうと、誰もが思った。だが……。

「まさか、皇后陛下があそこまで頑ななんてねえ」

困ったわぁといった具合で、頬に手を当てながら秦貴妃はのんびり答える。

皇后は秦貴妃の忠言ですら捻《ね》じ伏せて、節制令を現帝の妃の宮での沐浴行為の制限にまで課したのだ。

つまり、もう四大妃ですら自身の宮での入浴を禁止され、身体を拭うのも五日に一回という制限がかけられたのである。

ということで、四大妃らは悠太妃の元に集まることになった。

悠太妃は、現帝の妃ではない。先帝の妃だ。故に悠太妃の宮であるならば、湯を楽しめるというわけである。

目上の者を敬う皇后だ。さすがに、先帝の妃への制限はかけられなかったのだろう。

「秦貴妃があんなに使えないなんて、私も予想外でした」

という黎賢妃の冷たすぎる毒舌に、秦貴妃が泣き真似のような仕草をする。

「え？　使えないとかひどくなぁい？　でも、皇后様なら、私だけは特別に許してくれると思っていたのにぃ、私にも節制令を強いるなんて、意外だったわねえ」

「あなたそんなことを思っていたの？　ばっかかね。皇后様が現帝の妃に適用って言ったら、漏れなく現帝の妃に適用されるのよ！　特別扱いなんてするわけないでしょう？」

「でもでもぉ、確かに頑固なところはあったけど、情け深いところもあったし……」

「それは、まあ、そうね……」

と、途端に意気消沈した陳徳妃がこぼす。今にも泣きだしそうに見えて、燕は思わず口を開いた。

「皆様、皇后様のことがお好きなのですね」

「それは……そうよ。皇后様がいてくださったから、後宮の乱れた風紀が一掃された。妃同士で貶め合うのではなく、協力し合うことの大切さを教えてくれた。陛下の臣下としての誇りを私達にくださった」

そう語る陳徳妃が悲しげなのはきっと燕の思い込みではないはずだ。

秦貴妃も、黎賢妃も、視線を下に向ける。

それぞれ皇后に思うことがあるからこそ、慕っているからこそ、今の強硬にすぎる彼女が信じられないのかもしれない。

第五章

玉玲《ぎょくれい》は侍女ら数人を引き連れて、鮮やかな瑠璃色の門前に来ていた。

そこにいる門番へ秦《しん》貴妃にお会いしたいと伝えたが……。

「秦貴妃様もご不在？　い、一体どちらにいらっしゃるのですか？」

怒りのあまり震えそうになる声を必死に抑えて玉玲は尋ね返す。

しかし門番は鬱陶しそうに見て「知らぬ」と返すのみ。

たかが、後宮の下人の分際で！　そう叫びそうになるのを堪える。

確かに相手は、玉玲よりもずっと身分は低いが、貴妃の宮女。無礼に振る舞えば、主人である秦貴妃に逆らうことと同じ。

「では、また参ります。玉玲妃が来たと、お伝えくださいませ。以前、秦貴妃様に貴重なお酒を献上したこの玉玲だと」

それだけ言い残して、玉玲は青龍宮《せいりゅうきゅう》から離れていく。

しばらく歩き、青龍宮から離れたあと、玉玲は立ち止まった。

「どこに行っているのよ！　秦貴妃だけじゃない！　陳《ちん》徳妃も！　黎《れい》賢妃も！　この私が！　未来の皇后が！　わざわざ来てあげたのに！」

顔を真っ赤にして、玉玲は鬼の形相《ぎょうそう》でそう叫んだ。

両親に甘やかされ、自分以外の者は無価値だと他者を常に蔑んできた玉玲には、四大妃といえど敬う対象ではなかった。いつか自分が皇后になるための便利な道具、ぐらいの認識。その道具を使うために、下手《したて》に出てやったというのにどれもこれも使い物にならない。

「空位の淑妃につくため、あれほどのものを貢いだのに！　誰も私を淑妃に推薦してくれないなんて……」

昨日の朝議の場は節制令のことで紛糾していたが、その一方で空位の淑妃につく妃について推薦を出す場でもあった。

この日のために、玉玲は四大妃に高価な贈り物をした。

というのに……誰も玉玲を淑妃に推薦してくれることはなかった。

あの時の屈辱を思い出して思わず歯軋りする。

玉玲のこれまでの人生はとても順風満帆《じゅんぷうまんぱん》だった。

父親は、大きな湯屋を営む家の次男だったが、長男である燕《えん》の父親が亡くなりその湯屋を継げることになった。

温泉は出ないが、薬湯で名を馳《は》せていた湯屋はそれなりに繁盛しており、よい金蔓《かねづる》となった。

しかも、湯屋に働く従業員達はみんな玉玲のおもちゃ。どんな我が儘も聞いてくれる。

特にお気に入りは、燕だ。

もともと燕とは従姉妹で、幼い頃から薬湯に精通していた燕はみんなに特別視されていた。それが幼いながらにつまらなかったが、燕の父親が死んだことで立場が逆転した。

誰からも相手にされず、玉玲の命令に逆らうことができない惨めな燕を見ていると、本当に楽しかった。

それなのに……。

後宮に入ってから、玉玲にとってうまくいかないことが増えた。

いや、最初は良かった。通常下級妃から位を徐々に上げていくはずが、玉玲は最初から中級妃の最上位についた。理由は分からない。両親は金を積んでくれたが、額はたかが知れている。

不思議には思っていたが、入内し皇帝と初めてお目見えした時に、その疑問が晴れた。

運命だったのだ。

皇帝の麗しい顔を見て、玉玲は運命を確信した。

玉玲が下級妃からでなく、中級妃として入内したのは皇帝が手配したのだろう。何故なら二人は運命の相手だからだ。

初めての挨拶で、皇帝は『お前が湯屋の一人娘？　薬湯師をしているという？』と問うてきた。

玉玲は首を横に振った。

「薬湯師だなんて、とんでもありません！　そんな下賤《げせん》な職には一度も手を染めたことはございませんわ！」

その時、皇帝は怪訝そうな顔をしたが玉玲にとってそんなことはどうでも良かった。皇帝と、運命の相手と語らうこの夢のようなひとときを堪能したい。

今でも、あの時のことを思い出すと、雲の上にも昇る心地だ。

早くまたお会いしたい。きっとすぐに玉玲の元に来てくれるのだろうと思っていたが、皇帝がやってくることはなかった。

だが、間違いなく皇帝は玉玲の運命の相手。おそらく皇帝は、玉玲が自分の力で四大妃になるのを待っているのだ。運命の愛には試練が必要だから。

「これも試練だというの？　このような屈辱にも耐えるべきだと……？　ああ、忌ま忌ましい四大妃！　脇役の分際で偉そうに！」

唇を震わせ、天に宿敵である妃嬪《ひひん》がいるかのように言葉を紡ぐ。

「玉玲妃様、青龍宮から離れたとはいえ、外でそのようなことを仰せになるのは……」

侍女の一人、滋静《じせい》があり得ないことにこの玉玲にそう言ってきた。

ほとんど我慢の限界に達していた玉玲は、滋静の髪を掴み、そのまま地面に引き摺り倒した。

「きゃあああああ」

地面に転がった滋静の悲鳴が響く。だが、玉玲は慈悲を見せることなく、滋静の髪を引っ張り、血と土で汚れた女の顔を睨みつけた。

「道具の分際で私に話しかけるな」

玉玲がそうすごむと、滋静は消え入りそうな声で「はい」と言った。

結った髪は玉玲が引っ張ったためもちろん乱れ、侍女服も土に汚れている。

その惨めな姿に玉玲はやっと胸がすく思いがし、気持ちが幾分落ち着いてきた。

だが、まだ足りない。

「そうだわ。確か、ここから悠《ゆう》太妃の宮までそう遠くなかったわね」

舌なめずりしながら玉玲は言う。悠太妃の宮は南東の端にある。そしてそこには燕がいるはずだ。

久しぶりに彼女の惨めな姿が見たい。そうすればもっと気分が良くなるだろう。

近くで滋静の啜《すす》り泣く音がするが、玉玲にとってはどうでもいい。そのまま悠太妃の宮に向かう。

悠太妃の宮に近づくと、声が聞こえてきた。楽しげな声が。

それが誰の声か分かった時、玉玲は顔が青ざめた。

（なんで……なんでここで、この声が聞こえるの……）

不安と焦燥《しょうそう》を抱えながら、宮の前まで来る。

門をぐることなく、悠太妃の宮の中が見えた。

もともとぼろ屋敷である悠太妃の宮の塀には隙間が多い。その隙間から覗く形で、玉玲は中を見たのだ。

中の小さな庭にある簡素な東屋に、地味な屋敷とは対照的な華やかな衣を纏う女達が集まっていた。

それを見て、玉玲はカッと目を見開いた。

(なんでこんなところにいるのよ!!)

そこには、先ほど玉玲が会いに行って不在を告げられていた上級妃が、あろうことか全員揃っていた。

妃達の足元には湯気の立つ丸い大きなたらいが置かれている。

妃達が足湯を楽しみながら談笑しているようだった。

しかもその輪の中で、楽しそうに笑う燕の姿さえある。

頬が引き攣った。気づけば握りしめた拳に、力を込めすぎて震えている。

(燕のくせに！　私よりも下等の分際で！　何故、四大妃と楽しそうに笑っているの!?)

あり得ないことだった。そこにいるべきなのは、燕でなくこの玉玲のはずだ。

怒りのあまり、身体中の血という血が沸騰《ふっとう》しそうだった。

他の四大妃に認められ、淑妃の地位につく。あそこで四大妃とともにいるのが相応しいのは、この玉玲なのに！　何故、陳徳妃も秦貴妃も黎賢妃も、玉玲ではなく燕に微笑みかけているのだ！

玉玲の底のない憎しみは、燕から四大妃にも伝播していく。

怒りでいっぱいになる思考の中で、ふと嫌な予感がした。

（まさか、燕も淑妃の地位を狙っているとでもいうの……？　それで、他の四大妃に媚《こび》を売っている……？）

実際、宮女から妃に格上げされることもある。陳徳妃がそのいい例だ。彼女はもともと皇后の侍女だった。

（そんなこと、絶対にさせないから……絶対に……）

怨嗟《えんさ》の眼差しで悠太妃の宮の中を睨みつけた。

◆

「また、匂いが強くなったよね……」

悠太妃の宮に来るなり、げっそりとした顔でそう言ったのは、陳徳妃だ。

今日も今日とて、悠太妃の宮へ燕の薬湯に入りに来た。

「悠太妃様のところに来た時だけ、やっと胸の奥まで息を吸い込むことができます。自分の宮だと匂いがアレで、呼吸がどうしても浅く……」

しなびた顔で相槌《あいづち》を打つのは黎賢妃。隣で秦貴妃もうんうんと何度も首を縦に振った。

皇后の節制令が強行されて早一か月。ただでさえひどかった臭気がもっとすごいものへと進化していた。

節制令のせいで、妃らは自らの宮殿内での湯を張るような沐浴を禁止された。宮殿内の沐浴を禁止されてしまっては、妃ができる身だしなみは五日に一回の清拭のみとなる。しかも宮女に至っては清拭すら七日に一度という決まりがある。七日に一度しか、身体を拭えない。

そして、一度節制令が施行されてからというもの、どんどん規則が厳しくなってくる。初めは沐浴のことだけであったのに、何故か掃除に水を使うことについても規則が課せられた。掃除の際に、桶に水を張っての掃除の禁止だ。

これもまた、水の節制のためだという。

あまりにも行きすぎた節制令に、四大妃の元には、中級以下の妃が何度も相談にやってくる。皇后を止めてくれという要望だ。

もちろん皇后には訴えているが、相変わらず聞く耳を持ってくれない。下からの圧、上からの圧に挟まれ、かなり心身に疲労を感じる毎日。

その日々の唯一の癒やしが、悠太妃の宮殿での薬湯だ。

規則の網を掻《か》い潜《くぐ》り、皇后の権力が及ばぬ先帝の妃の宮殿で、沐浴をしているわけである。

後ろ暗い気持ちがないわけではない。だが、さすがに耐えられなかった。

「皆様、お疲れですね……」

疲労困憊な様子の妃達を見ながら、燕は素直な感想を告げる。

悠太妃の宮殿は冷宮といわれる場所で、後宮の端の端だ。

しかも皇后が施行している節制令の対象外であるため、陳徳妃達の置かれている状況が少しだけ遠い。とはいえ、この端の端の方まで、えも言われぬ匂いは届いており、後宮の異変は明らかだが。

「本当に、皇后様は何をお考えなのかしらねえ」

「……皇帝陛下が、皇后様以外の妃の元に通うことを嫌い、わざと匂わせているとかいう噂が立っていますよ」

秦貴妃の疑問に黎賢妃がそう返すと陳徳妃が眉を吊り上げた。

「馬鹿を言わないで！　皇后様がそんなことするわけがないじゃない！」

「私だって、そう思いますよ。ただ、そういう噂が立っているという事実を言ったまで」

「誰よ！　そんな変な噂立てる奴！　許さないわ！」

「落ち着いてよぉ。新しい妃達は、皇后様のひととなりを知らないもの。節制令のせいで、実際辛い思いをしているのは入ったばかりの妃達。節制令を施行した皇后様のことを悪く思ってしまうのも当然なのじゃなぁい？」

秦貴妃が怒れる陳徳妃をなだめると、陳徳妃は顔を下に向けた。

「それは……そうだけど……」

「私達は皇后様のことを分かっている。この節制令も、きっと皇后様なりの深いお考えがあってのこと。ですが、あまりにも行きすぎています」

黎賢妃の言葉に暗い沈黙が下りる。皇后を慕っているからこその深い悲しみがあたりに満ちる。

燕は彼女達の気持ちに心を痛めつつ、口を開いた。

「……皇帝陛下は後宮にまだ御渡りにならないのでしょうか」

「当然でしょ。陛下は、外廷に通う官吏達の体臭を嫌って、宮中に通う官吏には三日に一回の沐浴をするように厳命されているのよ。そんなお方が、今の後宮に足を踏み入れてくださるわけないわ」

現在、潔癖の気がある皇帝は宮中へと通う官吏達に最低でも三日に一度の沐浴を推奨しているというのに対し、後宮はその逆を進んでいる。人の汗や体臭が滞る後宮内の匂いは日に日に強くなり、お香でどうにか誤魔化そうとするもそのきついお香の煙が人の体臭と混ざってえも言われぬ臭気となっていく。そしてその臭気をまた濁すために、香木などをどんどん薫《た》き染《し》めていき、それがまた臭みへと変わるという悪循環。

こうなれば、当然皇帝の御渡りなどがあるわけもない。

「あとさ、ちょっと聞くのだけど、最近鼠《ねずみ》が増えてない？」

陳徳妃のその言葉に秦貴妃はハッと顔を上げた。

「え？　陳徳妃ちゃんのところも？　うちもぉ」

と妙に甘ったるい声を出し、黎賢妃もそうねと相槌を打っている。

三人の年若い妃達の話を黙って聞いていた悠太妃だったが、鼠の話になって顔を曇らせた。

「そなたらのところもか……」

悠太妃と一緒になって、燕も思わず重い息をついた。

最近、鼠が増えた。

退治して退治してもどんどん湧き出てくる。どこから出てくるのか分からないぐらいだ。

「まあ、悠太妃様のところにも？　意外。私はてっきり、この後宮の匂いに誘われてきているものだとばかり……」

悠太妃の宮は節制令の範疇《はんちゅう》外。後宮内では比較的清潔を保っている。

それでも鼠が寄ってきていることがほかの妃達には意外に映ったようだ。

「あとね、気になるのだけど、ここ最近増えた鼠。外から入ってきた野鼠みたいなのよねぇ」

とのんびりと口を出したのは秦貴妃。どういうことと、陳徳妃が促せばまた口を開いた。

「今まで後宮に住んでいた鼠と種類が違うのよぉ。もともといた鼠は、もっと丸くて毛色も黒なのだけど、最近よく見かけるようになった鼠は小さくて毛の色も茶に近いのよねぇ」

「え、そうなのですか？　私にとってはとても馴染み深い鼠だったのですが……」

秦貴妃の話を聞いて燕は目を丸くした。

悠太妃の宮でよく出てくるようになった鼠、もちろん燕も見たことがある。

だが、その鼠は燕が故郷で見たことがあるものと同じ種だ。

「その鼠の件については弘頼《こうらい》が調べている。いずれ理由が分かるだろう」

悠太妃が、茶を一口飲んでからそう言った。

「え、弘頼様が……あ、だから最近こちらに来られないのですね」

そう燕の口から思わずこぼれた言葉が、寂しそうな響きを持つ。

最近、弘頼を見かけなくて実はすごく気になっていた。鼠が増えた原因を調査するためだったらしい。理由が分かって、少しほっとしたところで……。

「こ！　皇后様!!」

少し遠くから、慌てたような声がした。桜鈴《おうりん》の声だ。

薬湯を囲んでいた妃達に緊張が走る。

その間にも、桜鈴の声で、「突然入られるのは……」などと言って抵抗する声が続くが、その声を遮る凛々しい声と、しっかりとした足音が響き渡る。

さすがにこの場にいる者達全員が、察した。あの方が来たのだと。

顔を強張らせながら、音のする方に視線を向けていると、屋敷の角から女性たちの集団が姿を見せた。

先頭には、黄土色の衣をひらりと閃《ひらめ》かして颯爽と歩く御仁がいる。

姿を認めて、妃達は一斉に薬湯から出て、裸足のまま東屋の地面に立つと拱手をして頭を下げた。

燕も急いで、膝を地面について頭を下げる。

「皇后様にご挨拶申し上げます」

上級妃三人の声が重なった。この場に現れたのは、皇后その人。

「なるほど。訴えを聞いて来てみれば、確かに四大妃の三人が顔を揃えて規則違反とは」

女性の中でも少し中性的な低い声。

陳徳妃らの額に汗が浮かぶ。

空気が震えるような緊張感に、燕もごくりと唾《つば》を飲み込んだ。

ただ、少し気になることがある。この声、どこかで聞いた覚えがある。

「お、恐れながら、規則に違反したつもりはございません」

誰もが怖気《おじけ》づく中、そう声を発したのは陳徳妃だった。

「ほう。規則違反をしたつもりがないと申すか。確かに、私が定めたのは、現帝の妃の宮殿内での沐浴の禁止だったな。先帝の妃である悠太妃様の宮殿内でのことについては言及していない」

「そうです！　それに、私は節制令には」

と陳徳妃が何かを訴えようとしたところで、

「しかしそのような規則の抜け穴をつくようなやり方、私は好かない」

と皇后がぴしゃりと陳徳妃の言葉を遮った。

有無を言わせぬ強い口調。逆らうことができないと心の底から思わせる覇者の声。

「も、申し訳ございません」

という、陳徳妃の震える声が聞こえてきた。どんな気持ちでその言葉を口にしたのか。彼女の気持ちを思うと心が痛いが、それ以上に燕には気になることがあった。

皇后の声はやはり聞き覚えがあるのだ。

「皇后様、私の言った通りでございますでしょう？　四大妃ともあろう方々が、皇后様の命に反して薬湯を楽しんでいるなんて、本当に、不徳ですわよね」

緊迫した空気の中、この状況を心底楽しむような場違いなほどに軽い声が響く。

思わず、燕は顔を上げた。そして声の主を見て、燕は目を丸くした。

（玉玲様……⁉　なぜ、ここに）

皇后の後ろからひょいと現れたのは、玉玲だった。にたにたと心底楽しそうな笑みで、怯えた様子の陳徳妃らを眺めている。

そしてそのいやらしい視線が、燕を捉えた。

「皇后様、でも、上級妃の皆様をあまり責めないでくださいませ。悪いのは、下賤な身分であるにも関わらず、上級妃様方を誑《たぶら》かした女、燕のせいなのですから」

上機嫌でそう言うと、燕を見つめたままにこりと残忍さの滲む笑みを見せる。

上級妃を誑かした女というのが、燕のことを言っているのだとすぐに分かった。

「お前が、燕か」

凛とした声に名を呼ばれ、燕はハッと視線を皇后に向けた。

皇后の鋭い眼差しとぶつかって、思わず目を見開く。

そして、ああやはりと、腑に落ちた。

彼女の声を聞いた時から、そんな気がしていた。

（胡蝶《こちょう》お姉様……！）

幼い頃、弘頼とともによく遊んでくれた幼馴染みの一人。しっかり者で面倒見が良くて、燕が憧れた人。

しかし目の前の胡蝶と思《おぼ》しき皇后は、燕を見ても何も反応を返してこない。忘れているのか、それともわざとなのか。

少しだけ逡巡したのち、燕は胡蝶らしき人に合わせて知らぬふりをすることにした。

「はい。私が、燕にございます」

「そうか。節制令が施行されたことを知ったうえで、なおも風呂を推奨していると聞く。事実か？」

声色は険しいばかり。どこか責められているかのような気になる。

「は、はい。仰せの……通りでございます」

弱々しくそう答えると、彫像のようだった皇后の顔が曇った。

「……その考えは、私が推し進める節制令に反している。そうと分かって言っているのか」

明らかな怒りが含まれていた。燕はすぐにでも逃げ出したい衝動に駆られるがどうにか堪えて口を開く。

「私は……！　反しているつもりはありません。せ、節制令とは、無駄遣いを諫める令のはず、です。私は、風呂を無駄とは思いません！　妃様方が使われた水は、宮女達の沐浴などに転用できますし、宮の清掃、洗濯にも使えます……！　無駄にしない方法はいくらでもありますし……！　そもそも清潔を保つことは大事です……！」

皇后は軽く目を見張った。反論されるとは思っていなかったのだろう。ましてや相手は一介の宮女である燕だ。

「燕！　お前、ただの宮女の分際で、皇后様に口答えするとはなんということ！」

そう声を張りあげたのは、玉玲だ。忌ま忌ましげに燕を見てから、媚を含んだ視線を向けて皇后にすり寄る。

「ねえ、皇后様、私の申し上げた通りでございますでしょう？　この女、本当に愚かなのです。この女の愚行が、鼠を招いた元凶なのですわ」

媚を含んだ口調からまろび出た玉玲の言葉に、今度は燕が目を見張った。

（鼠を招いた元凶……？）

全く意味が分からないことを言われた。どうしてそういう話になるのか、理解が追い付かない。

「……にわかには信じられなかったが、確かにこの物言いは、厄災になり得るかもしれぬ」

思ってもみなかった方向に話が転ぶ。皇后の先ほどよりも鋭い視線が燕に飛んだ。

もちろんその横には、玉玲の嘲りを含んだ笑み。

すると、視界が遮られた。見えるのは、紫色の衣を纏う悠太妃の大きな背中。

「皇后。突然来て、私の侍女に対してありもしないつまらぬ罪を着せるとは何事か」

悠太妃の、経験を重ねた女性にしか出せない低く渋い声が響いた。話に割って入ってきた悠太妃を見て、皇后は目を細める。

「その罪がつまらぬかどうか、決めることができるのは私であり、悠太妃様ではない」

「それはあまりにも傲慢でないか」

「悠太妃様、あまり私を怒らせないでください。私は、目上の方に対して敬意を払いたいと思っております。節制令を現皇帝妃にのみ限定をするのは、その敬意があるからです。ですが、本来、あなたは後宮においてなんの身分も持たぬ身。あなたは、弘頼殿下が反乱を起こさぬようにとここに置かれた、ただの人質なのですから。いえ、もっと言えば、悠太妃様の態度次第で、弘頼殿下に叛意《はんい》ありと捉えられることもあるお立場です」

しんとその場が静まり返った。

皇后の言ったことはほとんど脅しだ。反論すれば、息子に叛意があると捉えられて、処される可能性を指摘された。

悠太妃が怯んだのが背中にいた燕にも分かった。それは当然だ。自分の息子を盾に取られたのだから。

「皇后様、一体、どうなされたのですか！」

陳徳妃の嘆くような声が大きく響いた。燕がハッとして陳徳妃を見れば、目が赤い。涙までは流れていないが、必死に堪えているのが分かる。

「陳徳妃、それはどういう意味だ」

「皇后様は、そのような横暴なことをなさる方ではなかった！　むしろ、横暴を行うほかの妃を諌めてこられたお方ではないですか！　なぜ、今になって、そのようなことを……！　私の尊敬申し上げていた皇后様は、厳しくも、芯の通った方でした！　少なくとも！　自身の権力をかさに着て話を押し通し、平気で誰かを傷つけ脅しつけるような方ではありません！」

陳徳妃の必死の訴え。全てを一口に言いきった陳徳妃が、はあはあと息を荒げる。だがそれを真正面から受ける皇后の顔は、なおも涼しげだ。しばらくして、皇后はさっと音を立てて、燕達に背を向ける。

「節制令に背いた罪として、陳徳妃、黎賢妃、秦貴妃には謹慎を言い渡す。先の三妃を誑かした宮女は……」

そう言って、顔を横にし、視線を燕に向ける。

「追って処分を言い渡す」

無情な声がその場に響く。

「皇后様！」

陳徳妃だけでなく、秦貴妃、黎賢妃までもがそう声をあげたが、皇后は何も答えずそのまま背を向けて宮を去っていく。

皇后の後ろをついていく玉玲が、心底楽しそうに歪んだ笑みを浮かべていた。

◆

中級妃である玉玲の宮。もうすっかり日が暮れて暗い室内を、わずかな蠟燭《ろうそく》の火が照らす。

小さな部屋には、人影が二つ。一つは玉玲で、もう一つは彼女の侍女、滋静のもの。

「それにしても私をあれだけコケにしてきた四大妃の処分が謹慎だけなんて……甘すぎるわ！　お前もそう思うでしょ⁉」

「は、はい……」

力なく項垂れた滋静を見て、玉玲は鞭を持った腕を振り上げる。

「ああ……！」

打擲《ちょうちゃく》の音とともに、滋静の悲鳴が漏れた。

滋静の両親は、玉玲の湯屋で使用人として働いており、一家は玉玲に逆らえない。玉玲にとってちょうどいい駒で、こうやって痛めつけても何もできやしない。そうと分かっていて、玉玲はまた鞭を振るう。

「ひい……！」

「声が小さい！　お前も、燕も本当に私をイラつかせるのがうまいわね！」

そう言って、鞭をもう一振り。痛みを堪える声が響いた。

イラついていると言いながらも、鞭に打たれて呻く宮女を見る玉玲の顔には残忍な笑みが浮かんでいる。

「も、申し訳、ありません……」

滋静は息も絶え絶えに謝罪を口にするが、玉玲は再び腕を振り上げた。

鞭は、宮女の背中に当たる。皮膚を切ったのか、服が血で滲むのが見えた。玉玲はますます愉快になって笑みを深める。

よくよく見れば、滋静の腕には赤い痕がいくつもある。あれは、以前、鞭で打った時のものだろうか。

「どうして陛下は私を迎えに来てくださらないの！　陛下が一言私を皇后にするとおっしゃったら、あの生意気で邪魔な妃全員処分できるのに！」

玉玲の自分勝手な嘆きが宮に響き渡る。

「あ、明日の、朝議で、改めて訴えてみられましては如何でしょうか」

入り口のすぐ外で待機させていた別の侍女が震える声でそう言ってきた。

「朝議で？」

「そ、そうです！　入内と同時に中級妃となった妃は、玉玲妃様だけ。玉玲妃様の言葉を無下にされるはずがありません」

媚びた声でそう言われ、玉玲の怒りは少しだけ落ち着いた。

（確かに、そうね。この陛下の運命の相手たる私を無下にするということは、皇帝陛下を

無下にするのと同じことだもの）

根拠のない自尊心に酔いながら、玉玲は笑みを浮かべた。

その日の朝議は、いつもより緊張を孕んでいた。

というのも、後宮の最上妃である陳徳妃、秦貴妃、黎賢妃の三人が、皇后の節制令に反したという話はすでに広まっていたからだ。

皇后は、ただ淡々と、悠太妃の宮で三人の妃が足湯に興じていたことを告げる。

当の三妃は、何も言わずただ静かに皇后の話を聞いていた。皇后の話が事実であるからだ。

中級妃以下の妃達は、規則を破ったとはいえ上級妃相手に強く言えるわけもない。むしろ今の厳しすぎる節制令を覆せる可能性のある上級妃が、総じて罰を受ける流れとなって戸惑っていた。

節制令には思うところがある。だが、皇后には逆らえない。あわよくば上級妃がなんとか諫めてくれたらと、そう思っていた希望が潰《つい》えた。

葬式のように鬱々《うつうつ》としたこの朝議の場にて、ただ、一人、玉玲だけは笑みを浮かべていた。

皇后が、昨日の出来事を話し終わるや否や玉玲は口を開ける。

「けれど、皇后様、上級妃の皆様の罰が少し甘いような気がするのですが」

場違いなほどに明るい声がその場に響く。

皇后はチラリと玉玲を見てから、再び陳徳妃達に視線を戻した。

「一か月の謹慎、三か月分の褒章の減額では不満か」

不満だ、不満しかない。

玉玲は、人が痛めつけられている姿を見るのが好きだ。上級妃が実刑を喰らって痛みに顔を歪める姿が見たい。

「不満のようだな？　玉玲妃」

鋭い視線を飛ばされて、玉玲はびくりと肩を動かした。

不満ではあるが、そのままそれを口にできない圧がある。それに玉玲の本当の目的は別のところにあった。

玉玲は唇を軽く舐めてから取り繕うように笑みを浮かべた。

「ま、まさか、不満などございません。ですが、皇后様、四大妃の皆様が謹慎となれば、四大妃全員が不在という状況になってしまいます。それは如何かと思いますが」

「私が全て取りまとめる。それで問題ないと思うが」

「そんな……皇后様のご負担を思うと、この玉玲、心が痛みまする。この私に是非ともお手伝いさせてくださいませ」

手伝い、つまり空位の淑妃の座を玉玲に渡せということだ。

皇后が値踏みするように玉玲を見た。

玉玲は余裕の笑みを浮かべて、ゆったりと佇む。

（さあ、早くこの私を淑妃にすると言えっ！）

自信はあった。そもそも四大妃の罪を明らかにしたのは、この玉玲の功績。それをそのままというわけにもいかないはずだ。

皇后の視線は玉玲の足元から顔へと移っていくところで、ふと視線が横にずれた。

そして皇后は眉根を寄せる。

その表情の変化に、玉玲も顔を曇らせた。皇后の視線の先にいるのはなんだったろうか。

玉玲も軽く後ろを向く。

そこにいたのは、玉玲の侍女、滋静だ。

顔が赤い。しかも目が虚《うつ》ろで、身体がフラフラと揺れている。

このままでは倒れる、そう思った時には滋静はくずおれた。

その場にいた妃とその侍女から、悲鳴があがる。

隣にいたほかの妃の侍女が、倒れた滋静に触れて目を見開く。

「あ、熱い！　熱、熱があります！」

そう言って、滋静の身体を仰向けに寝かせた。もう意識がないのか、目を閉じている。

苦しそうな息遣いは聞こえてくるので、生きてはいるようだが、顔色が悪く、ひどく憔悴《しょうすい》しているのが見てとれた。

その際に、滋静の衣の袂《たもと》が捲れた。

滋静の腕があらわになって、また悲鳴があがる。

「腕に赤い斑点《はんてん》が！　まさか……！」

そう叫んだのは滋静に触れた侍女。叫ぶや否や慌てたように、尻餅をつきながら滋静から離れる。

そして、その侍女が言ったのか、ほかの誰かが言ったのか分からないが「赤疱瘡《あかもがさ》だわ！」という声があがり、朝議の場は混乱の渦《うず》に陥れられたのだった。

◆

妃達の朝議の場にて、宮女が一人倒れた。

中級妃である楊《よう》玉玲付きの侍女である。

倒れた時に彼女の赤い痕の残る腕が晒された。赤斑の残る腕を見た周りの者が、「赤疱瘡」と叫んだことで朝議の場は騒然とした。

赤疱瘡は、十数年に一度流行する伝染病。鼠によって人に移るといわれている疫病で、罹患《りかん》すると肌に赤い斑点紋様が浮き出るのが特徴とされている。

後宮で鼠が増殖していたこともあるのだろう、宮女の赤斑のある腕をチラリと見たその場にいる者は、赤疱瘡だと決めつけた。

赤疱瘡に効く薬は今のところない。罹患すれば、ほとんどの者が死ぬといわれている病。だからこそ、朝議の場で起こったこの騒ぎは、後宮中に知れ渡った。

妃達は宮から一歩も出ようとせず、宮女達は仕事があるため外に出ねばならないが、いつか罹患するのではないかと怯えながらの生活。

加えて、赤疱瘡が鼠を介して移る病気といわれているため、後宮人達は鼠を見るたびに泡を吹いて逃げ出すほどだ。

後宮は今、赤疱瘡によって混乱の最中にあった。

そして人というのは混乱を極めた時、非常に攻撃的になる。

攻撃の対象はいつも弱者だ。

この時、槍玉《やりだま》に挙げられたのは……。

「お前のせいよ！」

「お前が、節制令を破るように誑かしたから」

「この悪女！　厄介者！」

女達の金切り声が空気を震わす。

手に縄を掛けられて、衛士《えじ》達に連れられ歩く女を見て、宮女や妃達、後宮の女達は口々に罵《ののし》った。

怨嗟を浴びながら下を向いて歩く女は、燕だった。

もともと鼠が増えたのは、皇后の節制令に背いて四大妃を誑かした悪女燕のせい、という噂があった。

おそらく発生元は、玉玲だろう。皇后を連れて悠太妃の宮に来た時にそう言っていた。

そして問題は、その鼠を媒介にして赤疱瘡が発生したことだ。赤疱瘡による恐怖が、怨嗟となってまっすぐ燕に降り注いだ。悠太妃の宮には連日嫌がらせが相次いだ。

そうこうしていると、衛士が燕を捕らえるために宮に来て、今に至る。

燕が向かっているのは、地下牢《ちかろう》だ。なんの罪かはよく分かっていない。宮に来た衛士達は、後宮を混乱に陥れた罪と言っていた。

だが、燕としては混乱に陥れたつもりはない。周りが勝手に騒いでいるだけだ。しかし、燕は大人しく衛士についていくことにした。

悠太妃は庇おうとしてくれたが、問題ないと退ける。

このまま悠太妃の宮にいれば、悠太妃の迷惑になるのが分かっているからだ。

ごつりと、頭に何かが当たり燕は傾いだ。額の右上のあたりが痛い。次いでそこから何か垂れた感覚がした。おそらく血。下を見れば拳ほどの石が転がっている。どうやら石をぶつけられたらしい。

思わず燕は顔を上げる。

周りの者達を見た。誰も彼もが目を血走らせて、燕を睨みつけている。

顔色は怒りで赤い者もいれば逆に青白くなっている者もいる。だが総じて、瞳に怯えが潜んでいる。

燕はすぐに分かった。みんな、恐れているのだ。命の危機に、気の休まることのない日々に疲れきっている。

燕は血で濡れた額を拭うこともせずに、まっすぐ歩き始めた。

牢があるのは、後宮の中央。皇后の宮と近い。

周りの罵詈雑言《ばりぞうごん》を耳にしながら、まっすぐ歩く。そして、もうすぐ地下牢というところで足を止めた。目の前には皇后のおわす鳳凰宮《ほうおうきゅう》。

そこで燕は大きく息を吸い込んだ。

「皇后様！　お話がございます！　皇后様！」

先ほどまでずっと大人しく付き従っていた罪人の突然の叫び声に衛士達は目を見開いて立ち止まる。

「皇后様！　燕です！　どうか、お話を!!」

燕が再度息を吸い込んでそう言葉にした時、正気を取り戻した衛士達がやっと動きだした。

「こら、静かにしろ」

衛士らはそう言って、燕を黙らせようと地面に膝をつかせる。

それでも燕は口を開いた。

「皇后様！　黄《おう》皇后様！　……胡蝶お姉様！」

「いい加減にしろ！」

懐かしい、幼い頃の呼称を口にしたところで、衛士に口を押さえられた。

「んん！　んんん！」

くぐもった声しか出せない。皇后はいないのだろうか。

それとも、もう燕のことなど忘れてしまっているのだろうか。

幼かった時、大好きだった幼馴染みの屈託のない笑みが脳裏に過る。

その時だった。

ガタン。

皇后の宮の門の閂《かんぬき》が外された音がした。

ハッとして前を見ると、大きな木製の両開きの門扉が開かれる。そして黄土色の衣を纏う女人がそこにいた。

「なんの騒ぎだ」

幼い頃の記憶よりも落ち着きと威厳に満ちた声。その声を発した皇后の目と燕の目が合った。

「は！　赤疱瘡の疫《えき》を広めた悪女を捕らえ、牢に閉じ込めようとしているところでございます」

燕を捕らえている衛士の一人がそう言った。

その返答に皇后は目を細める。

「赤疱瘡を広めた悪女を捕らえる？　そのような命令は出した覚えがないぞ！」

皇后の怒声に、衛士達だけでなくその場にいた宮女達ですら肩を震わせた。

「は、いや……連れ出せという命令を受けたはずですが……」

「そうだ。悠太妃の宮にいると身が危険と判断し、別宮に移動させろと言ったのだ！　それを勝手に捕縛だと⁉」

「も、申し訳ありません‼」

衛士達は慌てて頭を下げた。

どうやら皇后の命令での捕縛というのは、衛士達の勘違いであったらしい。

燕の両手にかけられた縄が解かれた。

「それに、赤疱瘡の疫を広めた悪女とはなんだ！　前から言っただろう！　倒れた宮女は赤疱瘡ではなかったと！」

皇后の言葉に、燕は目を丸くした。

(赤疱瘡ではない……?)

軽く顔だけ後ろを向いて、他の宮女達の顔色を確認する。

皇后を前にして大人しげに口を閉ざしているが、顔には不満の色があった。

誰からか分からないが、「そんなの信用できない」という声がボソッと聞こえた。

(赤疱瘡ではないという皇后様の言葉を信じられずにいるということ?)

再び前を見れば、皇后が苦しげな表情を浮かべていた。

先ほどの囁きが聞こえたのか分からない。

「……ひとまず、燕宮女はこちらで預かる。お前達はもう去《い》ね」

皇后はそう言うと、踵《きびす》を返して宮の方へと戻っていく。燕も皇后の侍女達に支えられながら中に入ることになった。


「燕、すまない」

頭こそ下げはしなかったが、皇后は小さく詫びた。

人払いをして二人きりだからできた謝罪なのだろう。皇后が、ただの宮女に謝罪など本来はあり得ない。

「わ、私のことを……覚えておいでなのですか?」

「当たり前だろう」

と言って、皇后がくすりと笑う。その顔は、間違いなく燕が大好きな胡蝶の笑顔。

「こ、胡蝶お姉様……いいえ、黄皇后様、あの、助けてくださってありがとうございます」

「もともとは、私の不手際だった。悠太妃の宮で嫌がらせが横行していると聞き、そなたを避難させるために呼び寄せただけのつもりだったのだが……」

労《いたわ》るような眼差しを向けられた燕は、思わず顔を綻ばせた。幼い頃一緒に遊んだ、優しい胡蝶の顔だ。

「あ、あの、件《くだん》の倒れた宮女が、赤疱瘡ではなかった……というのは本当なのですか？」

「ああ、本当だ。件の宮女については熱も下がり回復に向かっている。確かに腕などに赤い痕があったが、あれは……折檻《せっかん》の痕だった、熱もその傷が悪さしたのだろうと思う」

「折檻の痕……」

倒れた宮女のことを燕は知っている。湯屋で働いていた人の娘で、今は玉玲の侍女。

（その彼女に、赤疱瘡と勘違いされるほどの折檻の痕……）

逆らえないからと、玉玲が痛めつけたのだ。

「ひどい……」

思わず苦々しい言葉が漏れる。件の侍女を思うと胸が痛い。

しかし、赤疱瘡ではなかったことは幸いだ。あれに罹患すればほとんど助からないのだと聞く。

「でも、赤疱瘡が後宮内で流行っているわけではないと分かって、安心いたしました」

後宮にいる人達はみんな、疫病に怯えて心に余裕をなくしている。あまりにも不安で恐ろしくて、誰かを攻撃せずにはいられないほどに。

そう思って、燕が笑顔を浮かべれば、黄皇后は眩しそうに目を細めた。

「先ほどまでそなたを攻撃していた者達の心配か。燕は相変わらず、優しいな……」

そんなことをポツリと言う。思わず燕が目を見張ると、皇后は苦々しく笑ってから口を開く。

「赤疱瘡は流行っていない。だが、実際に後宮内では体調不良者が続出している。赤疱瘡が蔓延《はびこ》っていると思い込み、気を病んで身体に不調が出たのだ。私がどれほど赤疱瘡ではないと言っても、それは私が隠蔽《いんぺい》するために事実を捻じ曲げているのだと解釈している」

皇后が力なく呟いた言葉に、燕は先ほど門前で見た後宮の者達の顔を思い浮かべた。

皇后が赤疱瘡ではなかったと言っても、誰一人信用していない。顔は険しく、瞳は恐ろしさで揺れていた。

皇后の言葉ですら耳に入らないほどに、後宮の人々は恐ろしい疫病に怯えている。

「……私の声が届かなくなったのは、何も疫病の恐ろしさだけではない。私に不信があるのだ。節制令を強行する私にな。口には出さぬが、私の横暴な態度がこの疫を招いたと思う者もいることだろう」

あまりにも悲しげな声が聞こえて、燕はハッと顔を上げた。

皇后の顔に、自嘲《じちょう》の笑みが浮かんでいる。

節制令は、多くの妃の反対を押し切って強行された。

そこに不満があることを皇后も理解しているのだ。ならばと燕は口を開いた。

「節制令を今からでも廃止すれば、もしかしたらこの混乱も落ち着くかもしれません！」

燕がそう言うと、皇后の顔が曇った。

「……いや、それはできぬ」

皇后は、まっすぐに見つめる燕から視線を逸らしてそう言った。

まさか否定されるとは思っておらず、燕は目を見開く。

そうこうしていると皇后が燕に背を向けた。

「悪いな。燕。節制令を覆す気はない。この騒動もそのうち落ち着くだろう。時間が経つのを待つ」

「そんな！　気を病めば、身体も病みます！　このままでは本当に病を得る者が現れるやもしれません！」

燕はそう言い募ったが皇后は振り返らなかった。

「誰か。燕を別室に移せ。……外に出さぬように」

皇后がそう言うと、部屋に侍女が数名現れて燕の元へ来た。その間に、皇后はその場を去ってしまった。

拒絶だ。燕の提案に乗る気はないと、その背中が語る。

「何故……何故ですか‼　胡蝶お姉様！」

燕はそう声を荒げたが、もう皇后の姿はなかった。

あの頃は、楽しくて仕方がなかった。

湯屋に来てくれた幼馴染みの弘頼に自分が持っている薬湯の知識を語る。すると弘頼は、いつも興味深そうに話を聞いてくれるのだ。

燕の話をこんなに楽しそうに聞いてくれる人は、彼しかいなかった。

「そ、それでですね、私、薬湯で温泉と同じ効能が期待できるものが作れるんじゃないかって、思っていまして！」

興奮したような顔で燕が言う。

「温泉と同じ効能？」

「そうなんです！　今までの薬湯は基本的に植物を元にした生薬を使っていたのですが、草木だけではなくて、お酒とかシャボンの泡を入れるのも気持ちが良いって気づきまして……！　それで他にもあるのではないかと思って色々集めてみたんです！」

そう言って、石がゴロゴロ積まれた籠をいくつか手で示した。

「石？　石を湯に入れるのか？」

意外だったのだろう。目を丸くする。彼の驚いた顔に燕はニッと微笑んだ。

「はい！　温泉地によくある硫黄《いおう》とか、ほかにも良さそうな鉱石をいくつか集めてきました。これらをうまく調合できたら、温泉と同じ湯質のものが作れるんじゃないかなと……！」

興奮気味で燕が話す。すると、少年は興味を引かれたのか手を伸ばした。

手を伸ばした先は、真っ白な石が積まれた籠。

「あ、待ってください！　それは素手で触らない方がいいかもしれません！」

「危険な石なのか？」

「水と反応して熱が出るのです！　弘頼様は今、手が濡れていらっしゃるから」

「え、熱？　そんなものを薬湯にして大丈夫なのか？」

「水に溶けきれば熱も収まります。ただ劇薬ではあります。極少量だけ用いるか、他と掛け合わせることで特別な変化を得られるかもしれません」

燕は、目の前の地味な鉱物達を眺めて誇らしげに答えた。

温泉に負けない薬湯を作るのは、燕の夢の一つ。それを大好きな彼に知ってもらいたかった。

その一心だった。

叔父夫婦やその娘から虐《しいた》げられようと、未来に夢見る気持ちと彼がいればなんてことはなかった。幸せだった。

毎日をこんなふうに過ごせたら……そう願っていたのに。

「……あ」

燕はハッと目を覚ました。

周りを見ると見慣れぬ部屋の中に一人でいた。先ほどまでの甘く懐かしい光景が、夢の中の出来事だったと悟り、ふうと小さくため息をついた。

燕は、皇后の宮殿にある部屋の一つにいる。ここは明かり取りの小さな窓があるだけで、扉には鍵がかかっていた。

部屋にあるのは小さな卓と椅子。そして寝台だ。宮女からしたらなかなかに寝心地のいい寝台ではあるが、自由に出入りができない点を考えると、居心地のいい牢屋といった方が正しいだろう。

どうやらこの疫病の騒動が落ち着くまで、燕を軟禁するつもりらしい。

他者からの嫌がらせから守るためというのもあるだろうが、燕が勝手なことをするのを止めるためでもあるかもしれない。

(どうして……胡蝶お姉様)

薄暗い部屋の中で、膝を抱えて寝台に座り込む。こうして何もできないでいると、考えるのは昔のこと。

胡蝶と游星《ゆうせい》と弘頼、そして燕。四人で一緒に遊んだあの頃。

すごく楽しかった。しっかり者の胡蝶、いたずら好きで派手好きな游星、とても優しく思慮深い弘頼。

三人とも湯屋から外に出たことがない燕に、外の世界の話をたくさん聞かせてくれた。聞くばかりでは申し訳ないと思った燕は、薬湯の話をしたし、三人のために薬湯を用意したこともたくさんある。

(そういえば、橙子の毒性も、シャボンと硬い水の相性が悪いのも、胡蝶お姉様に話したことがある……)

そんなことに気づいて、気分が重たくなった。

陳徳妃のことも、黎賢妃のことも胡蝶が手を回したのかもしれない。

人を助ける、癒やすための薬湯の知識のはずなのに、使い方次第で害になる。

燕が、胡蝶に薬湯の知識を話さなければ、陳徳妃は橙子の毒性で手の甲を荒らさなかったかもしれない。シャボンと水の相性を語らなかったら、黎賢妃は自分の髪の変化に心を痛めることもなかったかもしれない。そもそも、皇后が何も知らなければ、何もしなかったかもしれなくて……。

全ては自分のせいなのだろうか。

「燕⁉　……ここにいるのか？」

探るような囁き声が扉の向こうから聞こえて、燕はハッと目を開ける。

この声は弘頼だ。

「弘頼様⁉」

燕は慌てて扉のそばに寄った。

「良かった……ここにいたか。皇后が不在の隙を狙ってきた。逃げよう燕」

「え……逃げる？」

「ああ、そうだ。後宮から出よう。ここは危険だ」

そう言いながら、扉の向こうでかちゃかちゃと音が鳴る、おそらく扉の鍵を開けようとしているのだろう。

「危険というのは、赤疱瘡のことですか？　あれなら、別に流行っているわけではなくて」

「倒れた宮女が赤疱瘡に罹患してなかったことは聞いている。だが、そのせいで燕は後宮の者に嫌がらせを受けたと聞いた。母上の元にいた方が安心かと思い後宮に入れてしまったが、私の失策だった。別の邸《やしき》を用意する。燕をそこに連れていく」

と、弘頼が話しているのを聞きながら、燕は呆然としていた。

そうこうしているうちに、錠が解けたのか扉が開いた。扉の向こうには、弘頼がいた。

鼠の調査で外に出ていたため、弘頼と会うのは久しぶりだ。

再会に胸の底から湧き立つものは確かにあったが、今はそれどころではなかった。

「逃げる？　そんなこと……できません。だって、全部……！　私の！　せいかもしれなくて……！」

混乱する頭で、燕は思わずそう口にする。

「燕のせい……？　何を言って」

「私のせいなんです！　皇后様があんなことをしたのも、だって、私が色々、話してしまったから……！」

要領を得ないことばかり言っている自覚はある。だが、話したいこと、伝えたいこと、それらがありすぎて逆にうまく口にできない。でも感情だけは高ぶって、目から涙がこぼれ落ちた。

燕にとって薬湯は希望だ。無能で、愚鈍な燕にも誰かを笑顔にできる術。

「私の薬湯のせいで誰かが傷つくなんて……！　そんなの！　私どうしたら……！　私には薬湯しかないのに、それ以外に価値なんてないのに！」

燕はそう叫んで、膝をついて泣き崩れる。

記憶の奥底から父の声が湧き上がる。

『お前には薬湯の才がある！　お前にはそれしかない！』

父は幼い燕に毎日のようにそう言い聞かせた。その考えはほとんど呪いのように燕に染みついて離れない。燕には何もないのだ。薬湯を作ること以外何も。

ではその薬湯ですら、作れなくなったら……？

燕が恐怖に怯えてうずくまっていると、全身が温かなぬくもりに包まれた。

「燕に価値がないなんて、そんなことはあり得ない。そんなふうに言わないでくれ」

静かで、それでいて心にまで響くような低音。燕の一番好きな声。弘頼の声だ。

気づけば、燕は弘頼の腕の中にいた。両腕で強く抱きしめられている。

「弘頼様……」

「燕は、私にとって特別だ。何がなくとも」

弘頼はそう言うが、今の燕はそれを純粋な気持ちで受け取れなかった。

「そんなの……！　口ではなんとでも言えます！　それに、弘頼様だって、私の薬湯が好きだから優しくしてくださっているのでしょう⁉　初めてヨモギ湯を入れた時だって、あのヨモギ湯の出来が良かったから喜んでくださって……！」

燕は弘頼の腕の中で泣きながら言い募る。子供の癇癪《かんしゃく》のように叫ぶ自分が恥ずかしいと思うのに、止まれない。目からこぼれる涙が、弘頼の上等な衣を濡らす。

「違う。燕の薬湯が好きだから、燕が特別なのではない。燕が特別だから、燕の薬湯が好きなのだ。あの時も、ヨモギ湯がすごいと思ったのではない。燕がすごいと思ったのだ。

あの時、鬱々としていた私のためを思って、薬湯を入れてあげたいと考えてくれたその優しさが愛しかった！」

弘頼の告白とも呼べるその叫びに、燕はハッと我に返った。

恐る恐る顔を上げると、弘頼の色素の薄い美しい瞳が見える。

「大丈夫だ。燕。君は何も悪くない。だからそんな悲しいことを言わないでくれ。全部私が悪い。煮えきらずに、燕をこんなところに連れてきて……。こんな悲しい思いをさせてしまうぐらいなら、初めから私が……！」

そう言って、弘頼は一度言葉を止めるとさらに燕を抱きしめる。

弘頼の言わんとしていることを燕はよく分かっていなかった。それでも、弘頼がすごく燕を想ってくれているのだけはまっすぐに伝わってくる。

父親からの呪いに、がんじがらめになっていた燕の固くなった心が解けていく。

薬湯を作ることしか価値がないのだと、そう思い込んでいた幼い燕が微笑む。

（あったかい……）

人のぬくもりが、これほどに温かく、心を軽くしてくれるなんて燕は知らない。なんと心地がいいのだろう。先ほどまで荒れ果てていた燕の心が凪《な》いでいく。

（きっと、みんなこんなふうに弘頼様に抱きしめてもらったら、いろんな不安や恐怖が飛んでいくわ……）

後宮にいる人みんなが、弘頼のような温かな人に抱きしめられたら、きっとみんな幸せになれる。赤疱瘡という恐ろしい嘘も、節制令に対する不満も、全てのこの温もりに溶かされていく。

みんながみんな、その人にとって大切な人に包まれたらきっと、今の後宮が抱える問題も全て解決するだろう。だけど、そんなことは無理な話で……。

（本当に無理？　このほっと安らぐような感覚、私、どこかで……）

そこで、ハッと燕は思い出した。

「そう、そうです！　薬湯です！」

「え……」

突然の大声に、燕を抱きしめていた弘頼が固まった。少しだけ腕が緩んだその隙に、燕は顔を上げる。

「誰も彼も、自分の気持ちでいっぱいいっぱいで、不安に駆られています！　そういう時こそ薬湯なのです！」

「薬湯？　いや、燕、別に無理に薬湯のことを考えなくとも……そのままでいてくれたら、それでいいんだ」

「分かっています。弘頼様がそう言ってくださってどれほど嬉しかったか。でも私、薬湯のことが嫌いなわけではないのです。それは私の誇りの一つ。だから……私がまとめて後宮を薬湯浸けにしてみせます！」

そう言って、燕は弘頼の腕を掻い潜ると、出口に向かってまっすぐ歩く。

「や、薬湯浸け⁉　あ、燕！　どこへ行くのだ？」

「決まっています！　止めるのです！　このくだらない騒動を！　風呂に入り清潔を保つことは人の生存戦略です！」

興奮気味にそれだけ言って、燕は立ち止まった。

そしてくるりと後ろを振り返る。

「弘頼様も、そう思いますよね⁉」

有無を言わせぬ強い口調で問いかける燕の瞳は未来を思って輝いていた。

皇后の屋敷からこっそりと抜け出したところで、桜鈴が待っていた。弘頼をここまで案内してきたのは桜鈴らしい。

燕は、やって欲しいことを桜鈴に頼むと、弘頼を従えてとある場所に向かう。

「え、燕。騒動を止めるといっても……どこに行くというのだ？」

「皇太后様のところです」

「こ、皇太后様の……⁉　約束などは取り付けてあるのか」

「いいえ。ですが、黄皇后様を止められるのは、皇太后様しかいません」

「それは、そうだが……」

と、話しながら進んでいると……。

「待ちなさい！　皇后様の許可は得ているの⁉」

と鋭い声が飛んできた。見れば、皇后付きの侍女達が衛士を連れて燕達の前方に立ち塞がる。

「行かせてください。私、この後宮を薬湯浸けにしなくてはいけないのです！」

「何を訳の分からないことを！　大人しく元いた場所に戻りなさい！」

侍女達がそう言うと、衛士が槍を構えて燕達を取り囲む。

(これでは……皇太后様のところに行けない)

額に汗をかいて後ずさると、そっと優しく肩を抱かれた。

「大丈夫だ。燕。私がどうにかしよう」

冷静な弘頼の声。猿面をつけているので、その表情は分からないが、視線が侍女頭らしい人に注がれている。

「下がれ。私は弘頼だ。先帝の皇子にて、遼《りょう》王府に封じられた遼王。ここは通してもらう」

力強く弘頼が言うと、侍女頭は眉根を寄せた。

「たとえ殿下の命といえどここは引けません。ここは後宮であり、私のご主人様は皇后陛下ただお一人。それを……呪われ皇子如きがどうにかできると思われませぬように」

皇子に対して、皇后付きの侍女頭といえどあまりにも無礼な言葉だ。思わず燕は目を見開いた。だが、驚いたのは燕だけ。周りにいる者で侍女頭を咎《とが》める者はいない。当然だと、そう思っているからだ。それほどまでに弘頼はここで低く扱われている。

「どうしても引かぬと言うのなら、私にも考えがある」

戸惑う燕の耳に、冷静な弘頼の声が響く。何をする気なのだろうかと視線を向けると、弘頼が懐から短剣を取り出していた。

燕は思わず目を見開く。

(まさか、この人数相手に強行突破を……⁉)

宮女だけならまだしも衛士が五人はいる。しかもみんな長槍持ちだ。

弘頼が身体を鍛えていることは知っているが、短剣一つで勝てる相手ではないし、そもそも宮中でそのような騒ぎを起こせば、弘頼の立場が危うくなる。

燕が止めようと手を伸ばす間に、弘頼は短剣を持った手を自分の顔のところに持っていく。

プツン、と何かが切れる音が聞こえるとともに、弘頼は空いている方の手で自身が顔につけている仮面を摑み、外した。

「あ、ああ……！」

感嘆のような声を漏らして、誰もが弘頼を見た。

弘頼の顔の猿面が外され、その素顔があらわになったからだ。

猿面の下には傾国の美青年がいた。凛々しく整った柳眉《りゅうび》に、切れ長の涼やかな目には、色素の薄い茶色の瞳が神秘的なまでに輝いている。輪郭は顎の周りがすっきりとした丸顔で、筋の通った鼻はあるべきところに収まり桃のようにほんのりと色づいた頬は瑞々《みずみず》しい。

その場にいた誰もが、弘頼の仮面の下の美顔に釘《くぎ》づけとなっていた。ある程度見慣れていたはずの燕でさえ、久しぶりの御尊顔に視線を外せない。

「私は遼王府に封じられた遼王、弘頼。ここは通してもらう」

そう弘頼が口にした言葉は、先ほど弘頼が言った言葉とほとんどそのまま。そのはずなのに。

「は、はいぃ……どうぞ……」

夢見心地という顔で、侍女頭がのぼせ上がった顔で言う。

周りにいる侍女達も、侍女頭の言葉に反対するでもなく、うっとりとした顔で弘頼を見つめ彼が通れるように道の端に避ける。

弘頼を取り囲んでいた衛士達も、槍の穂先を地面に下ろして、顔を真っ赤にして弘頼を見つめており、止めようとする気配がない。

「行こう。燕。通ってもいいそうだ」

この場を異様な雰囲気に陥れた張本人が、何食わぬ顔でそう言うと歩きだしたので燕も慌てて後を追った。

弘頼を追って少し歩いてから後ろを振り返ると、侍女頭達は未だに頬を染めてこちらをうっとりと眺めている。

「……驚いたか、燕。昔から宮中の者は私の顔を見るとあんなふうになってしまう。おそらく私の顔が偉大なる曾祖父様に似ているからだと思うが……」

と憂いを帯びた顔で弘頼は言う。

（いや、曾祖父に似ているからというよりも、単に顔の作りが美しすぎるからのような気がするんですが……）

と燕は思ったが、口には出さなかった。今は先を急ぎたい。

そうこうしていると、とうとう皇太后の宮の前に着いた。門番がいたが、弘頼の顔を見た瞬間門番達は自分の務めを忘れたように惚《ほう》けたのでそのまま中に入った。恐ろしい顔面だなと燕は改めて思った。

そうして案内された皇太后の部屋。すでに皇太后が部屋の中にいたが、御簾《みす》があり顔は見えない。

その御簾が掛かった皇太后のいる場所から一段下がった床に、燕達は直接膝をつけて座った。

「突然、何用ですか」

思ったよりも、か細い声だった。病がちと聞いたが事実なのかもしれない。

「節制令を廃止して欲しいのです。そして疫病祓いの儀を行うべきです。そのことをお願いしに参りました」

燕がそう言うと、御簾の向こうから息を呑むような音がした。

疫病祓いの儀とは、本来もっと前に行われるべき儀式だった。

後宮にいる者達全員で、疫病祓いに効果があるとされる菖蒲などを主とした薬湯に浸かり、身体を清める。だが、節制令と重なりそれらは簡易的なものとなり、一部の妃が足湯をするのみとなった。

本来なら、普段湯には浸かれぬ身分の者も贅沢に全身湯に浸かれる儀式であるため、宮女達にとっては毎年の楽しみでもあったのに。

赤疱瘡が実際に発生していないとなれば、今の後宮内で起こっている混沌は、後宮にいる者の不安や不満が爆発したことで起こったもの。儀式という目に見える形で祓えば、気持ちを切り替えられる。

薬湯ならば、それができる。身体だけでなく、人の心まで温めることができるのだから。

その思って燕はさらに口を開く。

「ご存じのことかと思いますが、現在後宮はありもしない疫病に怯えております。皇后様が疫病などないとおっしゃっても、一度不安を抱いた心はそう簡単に払拭できません。後宮にいる者達の安寧《あんねい》のため、気持ちを切り替えるためにも、疫病祓いの儀が必要なのです」

燕が滔々《とうとう》と圧を込めてそう言いきった。絶対に皇太后を説得する、その一心である。

「……御簾を」

皇太后がそう言うと、侍女が御簾を上げた。

そうして燕の目の前には小柄な女性が現れた。年は五十ほどだろうか。白髪交じりの髪を頭上にまとめている。

その姿を見て、燕は目を見開いた。見たことがある。

「湯屋に来てくださっていた奥様……⁉」

「懐かしいですね。楊家の娘。大きくなりました」

弘頼達を連れて湯屋に来ていた貴人だ。

胡蝶達はとある高貴な夫婦に連れられてやってきていたが、まさかその奥方が皇太后だったとは。でも、よくよく考えればおかしい話ではない。皇子である二人と、皇族の親戚である胡蝶を連れてきた人なのだから。

しかし、ということは、皇太后ともう一人来ていたのは……。

「一緒に湯屋に来ていらっしゃった旦那様は、先帝陛下だったのですか」

「懐かしい。あの頃から先帝は病を患《わずら》っていらっしゃった。その治療のために、あの湯屋へと通っていたのです」

知らなかった。思わず目を丸くする。

「すまない。身分については秘されていたため私も口に出せないでいた」

横から弘頼が言う。

当然ながら、弘頼は知っていたのだ。

本来であるならば、ただの宮女が生意気にも皇太后の元に行こうなどとすれば、死罪を与えられてもおかしくない。

皇太后の人柄や、燕のことを強くは罰さないだろうと思ったからこそ、弘頼もここまでの行動を許したのだろう。

「弘頼も、素顔を見るのは久しぶりですね。相変わらず目に毒なほどに麗しい顔《かんばせ》。ふふ」

皇太后は、優しい母親のような顔で弘頼を見る。皇太后も弘頼の顔面に対してある程度耐性があるようだった。

「さて、再会を懐かしみたいところですがそれどころではありませんね。疫病祓いの儀を行いたい、そうでしょう？」

皇太后はそう言って、手が茶壺《急須》に伸びる。そして注ぎ口から直接飲み物を呷った。

しばらく茶の味を堪能するかのように黙っていたが、皇太后は顔を上げた。

「もう隠居した身と思って遠慮していましたが、今の後宮の状態には私も思うところがあります。疫病祓いの儀、いつできますか？」

皇太后の返答に、思わず燕は目を輝かせた。いつできる、というのだから疫病祓いの儀を行う許可をもらえたということだ。

「今日にも。すでに湯を沸かす準備をお願いしております。恐れながら、毎年、疫病祓いの儀を執り行っている大浴場を使わせていただこうかと」

燕がそう言うと、皇太后の目が丸くなった。

皇太后の宮に来る前に、桜鈴に大浴場に湯を溜めるように伝えてある。

「そ、そう。すでに、湯を」

どこか怯えたような口調に、燕は不思議に思いつつも頷いた。

「少しでも早い方が良いかと思いますので。つきましては、皇太后様には、最初の入浴をお願いしたく思っております」

疫病祓いの儀は、通常、皇后以上の位の者が先に湯に浸かり、下位の者達が続くという流れになっている。

ここ数年は毎年、皇后がその役目を担っていたようだが、皇后は疫病祓いの儀に反対しているため、おそらく受け負ってはくれない。

「そう……そうね。私が疫病祓いの儀を執り行います」

そう言った皇太后の顔がどこか悲壮《ひそう》めいていた。

(何故、そのようなお顔を……。それになんだか、先ほどからおかしい)

燕は、皇太后と再会してからずっと小さな違和感を抱えていた。

皇太后の部屋は豪華であるがどこか、暗い。何故だろうと思った時に、東側の窓を閉め切っていることに気づいた。

皇太后の宮は、後宮の北側にありわずかに西に寄っている。その宮の東側には、梨花園《りかえん》という後宮内の庭園がある。梨花園は、季節の花々はもちろん、大きな池などもある大庭園。

皇太后は、梨花園のある方角の窓を全て閉め切っていた。

それに、皇太后の宮にあった小さな池は涸《か》れており、皇太后がお茶を飲む時、何故か茶壺の注ぎ口から直接飲んでいた。

そして、ここ数年、毎年行われる疫病祓いの儀を欠席する皇太后。

（ああ、そういうことだったのね。だから、皇后様は……）

頑なだった皇后の理由が、分かった。

皇太后とともに大浴場のある建物に向かう。

さすがにまだ、浴場の湯を沸かしきれてはいないだろうと思うが、少しでも早く疫病祓いの儀を執り行いたい。燕の足が逸《はや》る。それに湯の沸かし方に少し変更点があるので、そのことを早くに伝えたい。

大浴場に近づくと、湯気が見えてきた。

大浴場には大きな外風呂と小さな内風呂がある。

湯気はおそらく外風呂のものだ。予想以上にもくもくと湯煙が舞っているので、思わず燕は目を見開いた。

（桜鈴さん、一人でここまで……？）

湯を沸かすのはかなりの重労働だ。水を火で熱した釜の中に入れるだけでも時間がかかる。それなのに、あの短い時間でここまでの湯煙を出すほどに沸かせたことが信じられない。

少々、いやかなり気になりすぎたため、燕は皇太后を弘頼に任せて先に行かせてもらうことにした。

不思議に思いながら大浴場に着くと、薪《まき》を運ぶ女人の姿があった。最初、桜鈴かと思ったが、違う。彼女は……。

「陳徳妃様……⁉　ここで何をなさっておいでなのですか⁉」

なんと、薄桃色の軽い衣の袂を捲り上げ、汗をかきながら水を運ぶ陳徳妃がいた。

「あら、燕じゃない。見て分からない？　湯を沸かしているのよ」

燕の登場に、陳徳妃がどこか得意げな表情を浮かべて微笑んだ。

「それは、分かりますけど……」

と燕が戸惑っていると、「あらぁ、燕ちゃんだわぁ！」と少し間延びした女性の声が聞こえてきた。

「し、秦貴妃様……!?」

竹の垣根で囲っている外風呂の出入り口に、秦貴妃がいた。こちらもいつもの派手な衣ではなく簡易的なものを着て、髪の毛も雑に巻いている。

驚いていると、秦貴妃が後ろを振り返った。

「みんなー！　来て来て！　燕ちゃんが来ましたぁ！」

などと言うと、彼女の後ろから黎賢妃、そして悠太妃までもが現れた。どちらも陳徳妃達と同じように動きやすそうな装いだ。

「悠太妃様……一体、どうして……」

「どうしてもこうしてもないわ。大浴場の湯を勝手に沸かせなど、よくも桜鈴に言えたものだな。普通の人間は、許可を得ていない風呂釜で湯を沸かすことに抵抗感があるのだ。かわいそうに桜鈴が泣きついてきたぞ」

呆れたような口調で言われた。

その横から桜鈴がひょこっと顔を出した。

「燕ー！　私、もう本当にどうすればいいのか分からなくて怖かったんだから！」

と涙目で怒られる。

「あ、すみません。一刻も早く、風呂を用意したくて……」

そういえば相手の反応も待たずに言うだけ言って去ってしまっていた。少し冷静になった燕は今更ながらに反省する。

「桜鈴さんが悠太妃様にご相談されたのですね？　ですが、陳徳妃様方は……」

と言って、陳徳妃達を見る。

「悠太妃様がいらっしゃって、今までただ風呂してきた借りをここで返せと言われまして」

そう言って、苦笑いを浮かべたのは黎賢妃だった。

どうやら悠太妃が動かしてくれたようだ。

「私達の侍女も総出で、全ての竈に火をつけて湯を沸かしてるわ。もう少ししたら、いいお湯になるわよ」

ふんと腰に手を当てて胸を張って陳徳妃が答える。

「皆様……ありがとうございます」

「それで、皇太后様のことはどうなった。説得できたのか」

そう問いかけてきたのは悠太妃。燕が「その件ですが」と話そうとしたところで、コツコツと木靴が石畳の道を軽やかに蹴る音が聞こえた。

その場にいる妃達がハッとして顔を上げる。そして、石畳の道を通ってこちらに歩いてくる人影を認めると、膝を落とした。

燕も一緒になって膝を落とす。

「皇太后様にご挨拶を申し上げます」

悠太妃をはじめ、陳徳妃達がそう言って頭を下げた。

「まあ。悠太妃をはじめ上級妃総出で準備ですか。今年の疫病祓いの儀は実に豪華なようですね」

皇太后の朗らかな声。それはすなわち、この疫病祓いの許可を皇太后からもらったということにほかならない。

「……でかしたぞ、燕」

隣から頭を下げたままの悠太妃から小さく満足げな声が聞こえる。

「はい。ただ、皇太后様には内風呂を使わせていただこうと思っておりまして。すでに湯を張っておられますか？」

「いや、内風呂は使わないかと思ってそのままだが」

「良かったです！　これで……」

疫病祓いを行える。

第六章

皇太后は内風呂のすぐ隣の部屋で、しばらく待つことになった。

燕《えん》は湯の準備があると言ってその場を離れ、今は悠《ゆう》太妃と皇太后二人きり。

大浴場までの案内は弘頼《こうらい》が受け負ったが、さすがに浴場の中にまでは入れない。弘頼に代わり、皇太后の伴は悠太妃がすることになったのだ。

「久しいわね。悠太妃。このように二人で話をするのはいつぶりでしょうか」

「お久しゅうございます。そうですね。皇太后様が皇后に後宮をお任せになってからは話をする機会がなくなりましたか」

皇太后の言葉に、悠太妃がそう応じる。

皇太后と悠太妃は、かつて一人の男の寵愛を奪い合い、どちらの息子が皇帝となるか競い合っていた犬猿の仲。後宮の誰もがそう思っている。

だが実際のところ、二人の仲はそれほど悪くない。少なくとも、皇太后は悠太妃や弘頼を邪魔だと思ったことはないし、悠太妃からも敵意のようなものを今まで感じたことはなかった。

しかし、周りは放っておいてくれなかった。

二人の仲が悪いと思われているのは、周りの者達がそうなるように煽《あお》ったからだ。二人の気持ちなどお構いなく、周りの者達があれやこれやと噂を流し、対立させようとしていた。

「……悠太妃。私は、あなたに謝らねばならぬことがあるというのに、目を逸らしてきました」

皇太后がポツリとそう言うと、悠太妃は片眉をわずかに上げた。

「謝ること？　節制令などと言って風呂を禁止した皇后を野放しにしたことだろうか？」

辛そうな顔をする皇太后に、悠太妃がしれっとした顔でそう言った。

「ちが、いや、それもそうですが……弘頼のことです。我が息子が帝位に即《つ》いたことで、弘頼は辛い立場に立たされました。あなたも」

「辛い立場？」

不思議そうに、悠太妃が首を傾げる。本当に思い当たる節がない、とでも言いたげな顔だ。

「いや、なんですその顔は。辛い立場でしょう。帝位に最も近いと言われていた弘頼は、呪われ皇子と揶揄され、あなたは後宮の端に追いやられました。……弘頼が、帝位に即いていたら、私達の立場は逆だったことでしょう」

「確かに、息子も私も周りから嫌厭《けんえん》されているが、別に辛いなどと思っておりません。むしろこれぐらいがちょうど良い。それに、そのことは皇太后様が謝る話ではないと思うが。あれは、息子の自業自得だ」

そう言って、悠太妃は視線を下に向けた。

あの日のことを思い出すかのように。

「自業自得など……違います。弘頼が呪われたこと、おそらく游星《ゆうせい》を帝位に即かせたい者が、何か仕掛けたのでしょう。止めることができずに、本当に申し訳ないと思っておりました」

皇太后が本当に申し訳なさそうに謝ると、悠太妃は目を丸くした。

「呪い……？　もしや皇太后様までも、あれが呪われたと思っておいでですか？　これは、なんというか……く、ふは、ははは」

と言って、堪えきれないとでもいう如く吹き出すように笑った。

「何故そのように笑うのです」

思い切って口にした謝罪を笑われて、皇太后はムッと眉根を寄せた。

「ああ、申し訳ない。まさか、そのようにお考えとは思っておらず……。あれは、本当に息子の自業自得なのです。もうお気になさらない方がいい」

「自業自得……？」

「それに私は、ずっと皇太后様に感謝しておりました。息子のことも可愛がっていただき、湯屋にも一緒に連れていってくださった」

「……後宮で生まれた子は皆、私の宝です。実子の游星と同じぐらいの愛情を注いできたつもりです」

「分かっておりますとも。弘頼も皇太后様に感謝こそすれ、恨むことはないでしょう。何しろ、皇太后様のおかげで運命の人に出会ったと思っておりますので」

「運命の人……？」

驚いてわずかに目を見張っていると、「失礼します」という声とともに、人が入ってきた。宮女の服の袂を捲って紐で縛り、うっすらと額に汗をかいた女性。燕だ。

彼女は恭しく二人の前に出ると膝を折る。

「大変お待たせいたしました。用意ができましてございます」

そう告げられた。

その言葉に、皇太后は小さく震えた。覚悟は決めたはずだが、いざそれが間近に迫ると、身体が勝手に震える。

鼓動も早くなり、指先が一気に冷えていく。

その時だった。

「お前達！　何を勝手なことを!!」

どんと乱暴に扉が開くと同時に女性の怒声が部屋に割って入る。

見れば皇后だった。ここまで走ってきたのか、息が荒く、いつも整っている髪が乱れていた。

皇后は部屋にいる人物の中に皇太后を見つけると、わっと駆け寄った。

「皇太后様……！　疫病祓いの儀など不要です！　そのうちこの騒動も落ち着くはずですから」

あまりの剣幕に皇太后は目を見開いた。

「いや、しかし、皇后よ……」

「問題ありません！　一度宮に戻りましょう」

と、諭《さと》そうとする皇太后の言葉を皇后が遮る。

このまま無理やりにでも、宮に連れ戻されかねない勢いだ。

「黄《おう》皇后様！　落ち着いてくださいませ！」

そう声を荒げたのは、燕だ。その燕に皇后が食ってかかるような勢いで顔を向ける。

「これが落ち着いていられるか！　燕、勝手なことを！」

「勝手でも結構です！　胡蝶《こちょう》お姉様、今の後宮がどのような状態なのか、分かっておいでなのですか！」

「分かっている！　今は少し騒がしいが、そのうち静まる！」

「そのうちとはいつですか⁉　今、病んでしまった方々が、いつになったら安心できるようになるのですか⁉」

「以前も言っただろう！　赤疱瘡などはないのだ。今赤疱瘡で病んでいる者などいない！」

「いいえ！　今、後宮にいる方々の多くが、疫病に怯えるあまり心を病んでおります！皇后様もそのことは分かっておいででしょう⁉」

そう言って、燕は頭に巻いた包帯をとった。

昨日、言われなき中傷とともに負った傷があらわになる。切れたところには瘡蓋《かさぶた》ができつつあって血は止まっているが、まだ腫れが残っていた。

疫病に怯え、心に余裕をなくし、本来であればあり得ないと笑って済ませられる話を流すことができなくなり、何かを攻撃することで己の不安を払拭しようとしている。

燕の頭の傷は、人々が心の病を得てしまった何よりの証しだった。

「それは……」

生々しい傷痕に、皇后が眉根を寄せるが、キッといつもの力強い視線で燕を見た。

「だが、疫病祓いの儀などを行って、その不安が祓えるとは限らない！　たかが風呂ではないか！」

「たかが風呂、されど風呂！　今後宮の者達が疫病の兆《きざ》しに怯えているのは、古《いにしえ》より人間が病に苦しんできたからです！　しかし力が弱く、病に弱い人間が、ここまで繁栄したのは何故だと思いますか？」

「な、何をいきなり……」

「風呂です。身を清めることで、病を退けた。清潔を保つことで病に打ち勝ってきた！瑞《ずい》国がここまでの大帝国を築けたのは、風呂のおかげだと言っても過言ではありません！」

「いや、それはさすがに過言では……⁉」

皇后は思わず吠《ほ》えついたが、燕の眼差しに迷いはない。その場が完全に燕の迫力に支配されていた。

「……皇后、もう良いでしょう。節制令は廃止なさい」

そう声をかけられて、皇后はハッとして後ろを振り返る。燕と皇后の言い合いに口を挟んだのは皇太后だった。

「皇太后様……ですが……」

気遣わしげな視線が、皇太后に向けられる。その視線を皇太后は受け止め、立ち上がった。

「もう良いのです。この騒動の全ては、自身の弱さに見て見ぬふりをしてきた己の責。だからこそ今、自分の責任を果たします」

皇太后の迫力に圧《お》されたように、皇后が座り込む。未だ止めるべきかどうか迷うかのように瞳が揺れる。

「さあ、燕。私を浴場へ」

静かに、どこか悲壮感さえ滲ませて、皇太后が言う。

燕は、駆け寄って床に膝をつくと、皇太后が前に出した手を支えるように両手で包んだ。

「皇太后様。大丈夫です。私は、これまでの人生の全てを薬湯に捧げてきた、国一番の薬湯師にございます」

不遜《ふそん》なほどに力強いまっすぐな瞳が皇太后を射抜くように見る。

その圧に、皇太后は息を呑んだ。先ほどまで感じていた不安や恐怖が遠ざかる。そのまま燕の力強い誘導に従い、歩を進める。

一歩一歩。そして気づけば、浴場の扉の前。

隣で支えてくれる燕の腕を強く握る。震えてしまいそうな身体を隠すように。

燕は、皇太后の恐れに気づいているのかいないのか、大丈夫ですと言って、扉を開いた。

皇太后は思わず目を瞑った。その先にあるものを、見たくない。見てしまうのが恐ろしい。目を開けられない。強く目を瞑って、情けなくも燕の腕にほとんど縋り付くような形で、それでも前に歩く。

湯気だろうか。むわりとした暖かく湿った空気が身体中にまとわりつく。あまりの熱気に、どれほどの湯が張られているのか、それを想像して、外の熱気とは反対に、身体が冷えていく心地がする。

「大丈夫です。皇太后様。私を信じて、目を開けてくださいませ。ここには、皇太后様が恐れるものはありません」

燕の言葉に、ハッとした。皇太后の『恐れる』ものが分かっているということだろうか。

「これは……！」

後ろから、皇后の驚愕の声がした。

「湯が、ない⁉」

と続く皇后の言葉に、え、と思った皇太后は思わず目を開けた。

大浴場の風呂は、地面に掘った場所に滑らかな石を敷き詰めて造られている。

風呂の準備ができたということは、そこには、お湯がたぷたぷに溜まった風呂がある、はずだった。

「どういうこと……」

皇太后が戸惑いながら言葉をこぼす。

風呂があるはずの場所の前に、木製の衝立が置かれていた。そのせいで、湯船が見えないのだ。衝立の前には木製の長椅子が並んでいる。

「皇太后様。こちらに腰を下ろしてくださいませ」

驚き呆然とする皇太后の隣で、燕がそう言う。

皇太后は大人しく燕の指示に従って、長椅子に腰を下ろした。

（なんということだ……まるで、湯に浸かっているかのようだ）

久しぶりに身体の芯から温まる心地がして、その懐かしい感覚に目を見開く。

本当に、久しぶりだ。

先帝の姿が目に浮かぶ。湯が好きだと言うと、彼は特別な場所なのだととある湯屋に連れていってくれた。

（ああ、そうだった。私は、この腹の底から温まるかのような、この瞬間が好きだった……）

かつては大好きだったこの感覚に、酔いしれていると……。

「皇太后様、こちら蒸し風呂と申します。この木の衝立の向こうには、石を積んだ簡易的な竈を用意しました。その竈で熱した石に水をかけ、その蒸気をこちらの部屋の中に送っております。そうすることで、風呂に浸かれなくとも、身体全体を温めることができるのです」

燕が皇太后にゆっくりとそう説明する。

「蒸し風呂……？　これは風呂なのか？　ああ、だからこれほどに心地よく……」

と、ここまで言って、皇太后は気づいた。

燕がわざわざ普通の風呂ではなく、蒸し風呂を用意した真意を。

燕はやはり、皇太后が最も恐れているものを知っている。

「燕、そなた……」

何故知っているのか。戸惑いながら声をかける。チラリと皇后の方を見れば、彼女も驚いた表情で燕を見ている。今のところ皇太后の弱みを知るのは、皇后だけだったが、皇后から燕に伝えたというのは考えられそうにない。

おそらく皇太后の態度から察したのだろう。皇太后は、燕のことを昔から知っている。幼いながらに聡《さと》い子だった。当時、最高の薬湯師と呼ばれていた燕の父が、燕は人を観察し必要な薬湯を選ぶ能力が著しいのだと、畏怖《いふ》してさえいた。

「……そう、私が、水に恐怖を抱いていることを知られてしまったのですね」

どこかほっとしたかのように皇太后がそう口にする。ずっと隠してきたものが、他人に知られたというのに、その心はどこか軽い。

「どうして……燕、何故分かったの⁉」

そう戸惑うように言ったのは、皇后だ。

皇后の問いに、燕は膝をつきながら静かに口を開く。

「皇太后様が、お茶を飲む時に茶壺の注ぎ口に直接口をつけられたこと、皇太后様の庭の池が涸れていたことなど色々とあります。ですが、一番は、胡蝶お姉様が、頑なに節制令を施行しようとしたことです。胡蝶お姉様は横暴な方ではないです。それなのに、節制令について頑なだったことがずっと引っ掛かっておりました」

そう言って、燕がまっすぐ視線を皇后に向ける。

「燕……」

皇后は、言葉に詰まったように口をつぐむ。

しばらくの沈黙ののち、彼女らのやりとりを見守っていた皇太后が口を開いた。

「そう、そうですね。皇后はそういう人です」

皇太后はそう口にする。

ずっと分かっていた。分かっていたのに見て見ぬふりをしていた。そんな自分が、弱い自分が許せない。

皇太后は、皇后を見た。皇后の戸惑いの眼差しと目が合う。

なんて顔をしているのと、そう笑いかけてから口を開いた。

「節制令のこと、私も分かっていました、私のために行ってくれているのだろうと。本当は窘めるべきだったのに……何も言えず。愚かでした」

「いいえ！　皇太后様！　違います！　私が勝手に行ったこと！　それに、そもそも、皇太后様が水に恐怖を感じられるようになったのは、私のせいで……！」

「愚かなことを。あなたが悪いわけではないでしょう」

皇后の言葉を遮るように言う。

決して皇后が悪いわけではない。何も悪くないのだ。

「悪いのは、あなたを陥れるために池に突き落とそうとした妃です。……まあ、あなたを守ろうとして、代わりに池に突き落とされた私の鈍さにも非があるかもしれませんね。本当はもっと格好良く助けるつもりだったのですが、まさか池に落ちて溺れるなんて」

と言って、皇太后は苦く笑う。

黄皇后が、まだ上級妃だった頃。実家の権威だけを頼りに品位のない妃が、黄皇后を目の敵《かたき》にした。毒を送っても、嫌がらせをしても、胡蝶は一向に引かない。痺れをきらした妃は、直接胡蝶に手を出して、池に突き落として溺死《できし》させようと企んだのだ。

梨花園の橋の上に呼び出し、今にも突き落とされようとしていた胡蝶を見つけた皇太后が、咄嗟に駆けだして妃の前に立ちはだかったまでは良かったが、自分が代わりに池に落ちてしまった。

重い衣のせいで思うように動けず、溺れて意識を失った。なんとか命は助かったが、池で溺れた恐怖がどうしても身体から抜けない。

池はもちろん、水溜まりや風呂など、水が溜まっているところを見ると身体が震えるようになってしまった。

「まったく。黄皇后は、お人よしにもほどがあります。件の妃は、私を殺しかけた罪で処罰され、あなたの地位は盤石となりました。喜んでも良かったのに」

「喜ぶなどできるはずがないでしょう！　皇太后様は、だって、お風呂がお好きだったではないですか……！　それなのに、湯に入れなくなってしまった……！」

胡蝶は濡れた声でそう叫ぶと、皇太后の元まで行って床に膝をつけた。皇太后の膝に頭を乗せる。

泣いて縋る子供のように。

その頭を、皇太后は撫でた。昔のように。

皇太后にとって、胡蝶は妹夫婦が産んだ娘、姪に当たる。

政治的な取り決めで自分の息子の妃になることが生まれた時から決まっていたのもあり、特別に可愛く思っていた。

それに応えるように胡蝶もよく懐いてくれた。

「ええ、風呂は好きでした。一番のお気に入りの湯屋に、そなたを何度も連れていきましたね。懐かしい」

と優しく幼児に語りかけるように皇后にこぼす。もう涙を堪えきれなくなったのか、皇后の嗚咽《おえつ》が聞こえてきた。

「私のせいなのです！　私のせいで、皇太后様が風呂に入れなくなったというのに、どうして私や他の妃だけが風呂を楽しめましょうか！　身体を拭うだけでも十分なのです。皇太后様だって、そうしていらっしゃって……だから、だから私は……」

「まったく。それで節制令などを強いたのですか」

くすりと呆れた調子でそう言って、皇后の頭を撫でた。懐かしい。皇后は、胡蝶は、しっかり者といわれているが、もともと怖がり屋で泣き虫だった。

（もっと早くこの子を支え導くべきであったのに……風呂が入れぬという自分の不幸に酔って、周りが見えなくなっていた）

泣き伏せる皇后の顔に両手を添えて上に向ける。

「確かに、もう湯に浸かれぬと分かった時、絶望しました。ですが、今、こうやって私は風呂に浸かれております」

泣き濡れた皇后にそう言って微笑んだあと、皇太后は燕に視線を向けた。

「燕。良い働きでした。この蒸し風呂、大変良い。また私のために用意してくれますか」

と言って言葉を止めて、意味ありげに皇后を見る。

「いやしかし、これはもしや節制令に反しますか？」

「私の愚策はすぐに撤廃いたします……」

消え入りそうな声で皇后が言うと、皇太后はニヤリと笑って両手を打った。

「さあ、これで話はまとまりました。あとは、疫病祓いの儀をつつがなく行うだけ。燕、この後のこと、任せても良いですね？」

皇太后の言葉に、燕は深く頭を下げる。

「はい。もちろんにございます。僭越《せんえつ》ながら、この私が、疫病祓いの薬湯を用意させていただきます」

最初とは打って変わった朗らかな空気の中、燕の声が優しく響いた。

◆

節制令の廃止。それとともに、疫病祓いの儀が行われた。菖蒲などの薬草を煎じた薬湯にて、後宮の者達は身体を清めていく。

温かな湯に浸かり、ほっと息を吐き出し、久しぶりに気持ちを落ち着かせる。

滞った気から来ていた体調不良者も、疫病祓いのまじないが施された薬湯に入ったことで気を持ち直した。

湯に浸かった多くの者が、その時、間違いなく疫病の恐怖を忘れることができたのだった。

そして、疫病祓いの儀から、ひと月。

燕は、物々しい雰囲気漂う広場にいた。集まっている人々の中には、皇后はもちろん、皇太后、そして皇帝もいる。

燕が目にした皇帝は、つまらなそうな顔をして頬杖をついているが、紛れもなくあの幼い頃に遊んだ游星だ。

（游星様、皇帝になっていらっしゃったのですね……）

弘頼が皇弟で、胡蝶が皇后で、その二人を連れてきたお方が皇太后ともなれば、なんとなく察していたが、改めて目にすると驚かざるを得ない。

皇帝に気をとられていると銅鑼《どら》が鳴った。

その音に、肩がびくりと跳ねる。今日、この場で後宮を荒らした大罪人の裁判が行われると聞いてきたが、ここまで物々しいとは思ってもいなかった。

そうこうしていると、広場の中央に縄で縛られた女が引き摺られるようにして連れてこられた。

そしてその女の顔を見て、燕は目を見開く。

（玉玲《ぎょくれい》様……!?）

驚くべきことに、罪人として連れてこられた女は、玉玲だった。

詳しいことを知らない燕は、思わずこの場に連れてきてくれた悠太妃の方を見る。

「落ち着きなさい、燕。罪は明らかにせねばならない」

「罪……？」

悠太妃の口ぶりから、玉玲が何をしたのかすでに知っているようだった。

燕は訝しげに、再び玉玲に視線を移す。

頬がこけ、髪がぼさぼさの状態で下を向いている。

その前に立つ宦官が、彼女の罪状を並べ立てた。

どうやら彼女は宮中に鼠を放ったらしい。

後宮内で急に鼠が増えたのは、玉玲が故郷から鼠を取り寄せたためなのだという。

彼女の罪状を聞きながら、そんなまさかと思うのと同じぐらい、やはりと思うことがあった。

後宮に出てくるようになった鼠は、燕の故郷である山地によく出る野鼠だ。

それまで後宮では見たことがない鼠だと教えられた時、もしかして、と思う心があった。

だが、さすがの玉玲といえど、わざわざ故郷から鼠を取り寄せて後宮に放つなどというよく分からないことをするとは思わなかった。

「違う、違う、違うわ！　私、そんなことしていない！」

玉玲が髪を振り乱して顔を横に振り、哀れっぽくそう嘆願する。

「いいえ！　この女がやりました！　この女が命じたのです！」

金切り声が聞こえた。見ると、玉玲に仕えていた侍女、滋静《じせい》がいる。燕が最後に見たのは、身体を傷つけられ、床に伏した彼女であったが今では随分と回復したらしい。顔色が良くなっていた。

顔が赤いのは、単に体調が戻っただけでなく、怒りによるものもあるのだろうが。

今まで受けた仕打ちに対する憎しみを込めて、射殺すように玉玲を睨む。

「あの女がやったのです！　私が、証人です！　あの女に命じられて、致し方なく私が鼠を放ったのですから！」

そう声高に叫ぶ滋静を、玉玲は忌ま忌ましく睨みつけてから哀れっぽく微笑んだ。

「まあ、なんということを！　私は何もしておりません！　あの女が一人でやったことですわ！　あんな下女の言うことを信じるつもりなのですか⁉」

「黙れ。今更言い逃れできると思っているのか」

地の底から響く声。見れば、いつもの猿面をつけた弘頼がいる。

弘頼は手に持っていた大きな荷物を前に放るように投げた。

最初、ただの荷物かと思ったが、ヒイイと声がする。見れば荷物ではなく、縄で縛られた男だった。

薄い頭髪の小柄な男。その顔を見て燕は息を呑んだ。

「お、叔父様……⁉」

囚《とら》われた状態で転がり込んできたのは、燕の叔父だった。

「この者が全てを吐いた！　後宮内の鼠の増殖の原因を探るため、ほんの少しの間でも私を燕のそばから離した罪は重いぞ！　私がいない間に、燕がどれほど辛い思いをしたことか！」

と怒り心頭という顔で言う。

（え、私から離した罪……⁉　罪状がちょっと違う気が……⁉）

予想外の出来事の数々と、弘頼の言葉で頭が混乱してきて考えがついてこないが、どうやら、弘頼が玉玲の罪を突き止めたらしい。

とうの玉玲は、囚われた自分の父を忌ま忌ましそうに一瞥《いちべつ》すると今度は皇帝陛下へと顔を向ける。

「陛下……！　私、玉玲です。どうかお助けください！　陛下の運命の相手、楊《よう》玉玲です！」

泣きながら、突然そう訴えた。

皇帝は怪訝そうな顔をした。

「初めてお会いした時から分かっておりました。陛下も分かったからこそ、私を下級妃ではなく、中級妃にしてくださったのでしょう？」

異様なほどにギラギラした瞳で玉玲が皇帝を見つめる。

罪人が突然、陛下の運命の相手などと言い始めたことに、周りはどよめいた。

「中級妃に……？　ああ、湯屋の」

不思議そうにしていた皇帝だったが、思い出したようだ。そう呟くと、玉玲の顔が輝いた。

「はい！　運命を感じられた陛下は、慣例を破り、私を中級妃に据えてくださいました。今回の出来事は、私と陛下の運命の愛を阻《はば》もうとする何者かの策略なのです！　どうか、お助けくださいませ！」

潤んだ瞳に、上気した頬。微かに笑みを作った口元。その顔からは、必ず皇帝が助けてくれるという自信に溢れていた。しかし……。

「ああ、あれは朕の勘違いだ。湯屋の娘と聞いたので、てっきり幼馴染みの燕が来るのだとばかり思ってな」

淡々と告げられた皇帝の言葉を理解できたのかできてないのか、玉玲の顔が引き攣り「……は？」と間の抜けた声が漏れた。

「ということで、お前のことは知らぬ」

皇帝の冷たい言葉のあと、玉玲が悲痛に泣き叫ぶ声がその場に響いたのだった。

エピローグ

「いい香りだな……」

桃の葉の青々とした清々《すがすが》しい香りを吸い込んでから、弘頼《こうらい》がそう言った。

弘頼はいつもつけている仮面を外して素顔を晒していた。彼が心身ともに安らいでいる様子がその表情一つで手にとるように分かる。燕《えん》はほっこりとした温かい気持ちになった。

「桃湯にございます。お好きですか？」

「ああ、落ち着く……」

悠《ゆう》太妃の宮に、弘頼がやってきていた。ちょうど折悪く悠太妃は桜鈴《おうりん》を伴って皇太后のところにお茶に出かけているため、不在。その間にやってきた弘頼を、燕が桃の葉の足湯でおもてなし中だ。

「しかし、燕、このまま後宮にいると聞いたが、それで本当に良いのか？　それにもうあの湯屋は燕のものだ。戻ろうと思えば戻れるだろう？」

少し緊張した様子で尋ねてくる弘頼に燕は目を丸くした。

「湯屋に戻る、ですか……？」

そう言いながら、一連の騒動の顚末《てんまつ》について改めて思いを馳せた。

玉玲《ぎょくれい》は鞭打ちの刑ののち、幽閉の身に。皇帝にこっぴどい振られ方をした玉玲は、魂が抜け落ち、壊れた人形のようになったという。

また、玉玲の一家は、財産を剝奪《はくだつ》された。

叔父が所有していた湯屋の権利は、燕が引き継ぐこととなった。

確かに燕は戻ろうと思えば、湯屋に戻って薬湯師として以前のように働けるのだ。だが……。

燕は首を横に振った。

「湯屋に戻るつもりはありません。それに湯屋の権利については、後宮から追放処分となった滋静《じせい》とその家族に移譲しました」

そのことを知らなかったようで、弘頼が目を見張る。

「本当に……？　良いのか？　あの湯屋は、燕が育った場所だろう？」

「はい。特別な場所です。ですから湯屋はこれからも続いて欲しいなと思っています。ですが、私は別にそこで住まなくていいのです」

燕はそう答えると、弘頼は目を見開いた。

「どういうことだ？　結婚のことがあり、私が無理やり後宮に連れてきてしまったが、本当は薬湯師として湯屋にずっといたいと思っていたのではないか？　燕にとって薬湯は誇り、なのだろう？」

そう不安そうに問いかける弘頼に燕は笑いかける。

「弘頼様、違います。私は、場所に拘《こだわ》っているわけではないのです。私が薬湯を作りたいと思うのは、大切な誰かのため。ですから、どうかこのまま……」

そばにいさせて欲しい、という言葉を呑み込んだ。

そう言ってしまえば、さすがの弘頼も燕の気持ちに気づいてしまう。そして優しい弘頼は、燕の気持ちを冷たくあしらうことはできない。そんなふうにして、彼を困らせたくない。

だから肝心な言葉を呑み込んで、どこか戸惑っている様子の弘頼のためにまた口を開く。

「ここに、後宮にいさせてください。悠太妃様や胡蝶《こちょう》お姉様、皇太后様に、陳《ちん》徳妃様や秦《しん》貴妃様、黎《れい》賢妃様……今の私には薬湯を入れて差し上げたい方が後宮にたくさんいらっしゃるのです」

そう言って弘頼を見つめる。すると弘頼は少しばかり熱を帯びたような視線で、燕の気持ちを探るように見つめてきた。

仮面をとった弘頼の顔は恐ろしいほどに整っており、そんな彼に熱心に見つめられた燕は思わず息を止めた。頬が、熱い。

「……燕、君も一緒に入らないか？」

弘頼の瞳にしばらく見入っていると、緊張しているのか、少し掠《かす》れた声で弘頼が問いかけてきた。

「えっと、一緒にというのは、足湯にですか？　私も、ですか？」

唐突な提案に目を丸くする。

「そうだ。私の隣なら、まだ座る余裕がある」

そう言って、長椅子に腰掛けていた弘頼は端に座り直した。どうやらこの空いた場所に座って、足湯をしないかということらしい。

確かに座れなくもないが、座ったらどう考えても弘頼との距離が近すぎる。

「嫌か？」

「いえ、嫌というわけではありませんが、その、私は、ただの宮女ですし」

「ただの宮女ではない。幼馴染みで……私の特別だ」

切なげにまっすぐ見つめてくる弘頼が、燕の手を握る。そして促されるまま気づけば隣に座ってしまった。

どうにか距離をとりたくて、端に腰掛けようとしたが、「そこでは足湯に入れない」と言われて、弘頼のすぐ隣に、身体がくっつくほど近くに座ることになった。

「……弘頼様は、たまに、とても強引です……」

観念したようにそう口にすると、木靴を脱いで足を湯に入れた。

途端にじんわりと足が温まってくる。

季節は雨期に当たる。今日は曇り空で少し空気は湿っているが暑すぎることはない。少しぬるめに入れた桃湯が心地いい。

昔も、桃湯を弘頼のためによく入れていたのを思い出した。その頃燕はまだ十一歳、弘頼は十四歳。

父が亡くなり、胡蝶と游星《ゆうせい》は湯屋にほとんど来なくなって、弘頼だけが一人、たまに遊びに来てくれていたあの頃。胡蝶達がいないことを寂しく思うのと同じぐらい、弘頼と二人きりでいられることをひっそりと喜んでいた。

思えば、初恋だ。まだ固い果実のような甘酸っぱい気持ちを抱え、弘頼の訪れを楽しみにしていた。

昔を思い出して胸に苦い痛みを感じつつ、燕は弘頼に顔を向ける。

「弘頼様。背中の火傷の痕は、如何ですか？」

「以前も見せたが本当に問題ない。少し痕は残っているがそれだけだ」

と朗らかに答えた弘頼だったが、燕の顔を見てギョッと目を見張った。

そして狼狽えた様子で口を開く。

「……どうして、そんな悲しそうな顔をする？　本当にもう痛くない」

「ですがその傷痕は、私のせいでもあります」

「何を、そんなことはない。これは呪いといわれていて……」

「呪いなんて、そんなの嘘ですよね？」

そう言って燕は腕を伸ばす。両手で弘頼の頬を包み込む。

思ってもみなかったことを言われたのか、弘頼は驚いた顔のまま固まった。

「私、悲しいのもありますが、怒っています」

「お、怒る……？」

「弘頼様は、七夕祭りの祭事にて、何もないところで突然背中に火傷を負って苦しみだされたのですよね。そして呪われ皇子と呼ばれるようになった。でも、それは呪いではありません。……生石灰《せいせっかい》でしょう？」

燕がそう言うと弘頼は目を見開いた。

昔、燕は弘頼に話したことがある。

温泉に似た性質の薬湯を作りたいのだと。その際、生石灰のことを話した。

思わず燕は唇を噛んだ。幼い、初めての恋心に浮かれていた燕は、目の前の相手が何に悩んでいるのかも知らず、自分の好きな話ばかりしていた。

『水と反応して熱が出るのです』

かつての燕がそう話すと、弘頼はその話に強い興味を持って生石灰について色々聞かれた。弘頼が話を聞いてくれるのが楽しくて、楽しくて、無邪気になんでも話してしまった。

「自身の衣に、生石灰の粉を仕込んだのですね？　祭典を行った時期は、夏。儀式の最中は汗をかいたことでしょう。そしてその汗に生石灰が反応して熱を持った。そして火傷を負った。違いますか？」

燕が問い詰めるようにそう言うと、怯むように弘頼が瞳を揺らす。

「燕、私は……」

と、弘頼は何かを言いかけたが言葉を止めた。しばらく燕の目を見つめてきたが、諦めたかのように息を吐く。そして、自分の顔に添えられた燕の手を握って、ゆっくりと下ろした。

「仕方なかった。そうしなければ、兄上と争わねばならなかった。私も母も帝位など望んでいないのに、この顔のせいで周りが放っておいてくれなかった。だから……」

偉大な曾祖父と同じ顔、生まれた時の易者の言葉。それらのせいで、帝位争いに巻き込まれた弘頼。弘頼は帝位争いから逃れるため、呪われ皇子という汚名を自ら被ったのだ。何もないところからの突然の火傷、周りは奇妙に思ったことだろう。呪いだなんだと騒ぎ立てられてもおかしくない。呪われたとなれば、気味悪がられて周りは距離を置き、当然玉座は遠ざかる。

幼馴染みの胡蝶が燕の薬湯の知識を悪用したのを見た時に気づいた。もしかしたら、弘頼も薬湯の知識で呪いの騒動を起こしたのではないかと。

「……燕には本当にすまないことをしたと思っている」

弘頼は両手を顔に当てて、俯いた。

「すまないこと？　一体、何に対してですか？」

「燕の、薬湯の知識を悪用したこと。燕から、生石灰の話を聞いて、もうそれしかないと思って……」

「馬鹿な人」

燕がそう言うと、弘頼が顔を上げて燕を見る。

「そんなこと、私に謝る必要ありません。私はただ、そんなふうに簡単に、自分を傷つけてしまう弘頼様の優しさが、ただただ歯痒いだけです」

最後の方の言葉が、気持ちの昂《たかぶ》りで震えた。今にも泣きだしてしまいそうで、ぐっと目に力を込める。

今更、過去は変えられない。それに、過去に戻っても弘頼は同じことをするかもしれない。大好きな兄との争いを避けるため、まずは自分を犠牲《ぎせい》にする。

弘頼とはそういう男で、そんな不器用なところを燕は愛した。

「それに……弘頼様が苦しんでいることに気づけなかった自分に腹が立っています」

生石灰の話をした時、弘頼が帝位争いのために悩んでいることにも気づかず、燕は浮かれていた。初めての恋に夢中になって、その初恋の人が目の前で自分の話を楽しげに聞いてくれる姿が嬉しくて、大事なことを見落としていた。

「燕、君がそんなふうに思う必要は……」

「いいえ、あります。だから、その罪を償うために……」

そう言って燕は、手を伸ばす。

弘頼の襟《えり》を引っ張ってはだけさせた。

「え、ちょ、な、何を……⁉」

頬を赤らめた弘頼は、胸元を隠すように両手で抱く。

「その背中の火傷痕、薬湯浸けにしてほとんど見えない状態にしてみせます！ さあ服を脱いでください！」

「や、それは！ さすがにここで服を脱ぐのは！」

「大丈夫です！ 向こうに湯船を用意してございます！」

「いや、そういう話ではなく！」

「そういう話です！ 弘頼様、後宮に来てから私の前で全身浴をしてくださらない！ 私の湯がご不満ですか⁉」

「そういうわけではない。ただ、燕の前で裸になるのは、ちょっと……！ 色々あるのだ！ 男には！」

「まあ、色々あるのですね⁉ ならばそれこそ薬湯です！ その色々の全てを私の薬湯で改善してみせます！ さあ、薬湯浸けになる準備を！」

「そういう、そういう話ではなく……！」

きゃんきゃんと言い合いつつ衣の奪い合いを始めた二人であった。


生け垣の隅で、そんな二人を呆れた目で見つめていた悠太妃がいた。

全く進展しない二人にヤキモキして二人きりにした張本人である。

「何をやっているのだあの二人は。まさか外で始めるつもりか」

遠目で衣を脱がそうとする燕を見て悠太妃は訝しむ。

「え!? 本当ですか！ きゃー！」

と言いながら桜鈴が、頬を赤らめつつも興味津々の様子で二人を見る。

「あれ、でも……なんというか、始めると言うには……」

と最初こそ興奮した様子だった桜鈴は、燕達のやりとりを遠目から見るに色気が全くないことに気づき始める。

「二人きりにしてみたが、何故ああもあの二人の仲は進展しないのだ……」

逃げる弘頼とそれを追いかける燕の追いかけっこを眺めながら、悠太妃は楽しそうに笑う。

この場にいる誰もが知る由もないが、燕はいずれ薬湯で国を救い、薬湯医として名を馳せる。

そしてその傍らには必ず麗しい皇弟がいたのだと、のちの世の寝物語になるのである。

遠藤遼
芥川龍之介は怪異を好む《あくたがわりゅうのすけはかいいをこのむ》
この怪異、僕の小説に閉じ込める
かわいい子河童・バッグを相棒に
まだ何者でもない大学生・芥川龍之介の怪異蒐集譚。
KiKi BUNKO
Illust:睦月ムンク

KiKi BUNKO

皇弟殿下《こうていでんか》の薬湯妃《やくとうひ》
～初恋《はつこい》の人《ひと》との駆《か》け落《お》ち先《さき》は後宮《こうきゅう》でした～

唐澤和希《からさわかずき》

2025年1月23日　初版発行

発行者　笠倉伸夫

発行所　株式会社　笠倉出版社
〒110-8625　東京都台東区東上野2-8-7　笠倉ビル
［営業］TEL 0120-984-164
［編集］TEL 03-4355-1103
https://www.kasakura.co.jp/

印刷所　株式会社　光邦

装丁者　須貝美華

定価はカバーに印刷されています。

乱丁・落丁の場合は当社にてお取替えいたします。

本書は書き下ろしです。

ISBN 978-4-7730-6703-3
Printed in Japan

ファンタジア文庫
週に一度
クラスメイトを
買う話
～ふたりの時間、言い訳の五千円～
羽田宇佐《はねだ・うさ》　イラスト／U35《うみこ》
USA HANEDA

切り拓け！キミだけの王道
ファンタジア大賞
原稿募集中！
賞金
《大賞》300万円
《金賞》50万円
《銀賞》30万円
選考委員
細音啓「キミと僕の最後の戦場、あるいは世界が始まる聖戦」
橘公司「デート・ア・ライブ」
羊太郎「ロクでなし魔術講師と禁忌教典《アカシックレコード》」
ファンタジア文庫編集長
前期締切 8月末日
後期締切 2月末日
公式サイトはこちら！ https://www.fantasiataisho.com/
イラスト／つなこ、猫鍋蒼、三嶋くろね

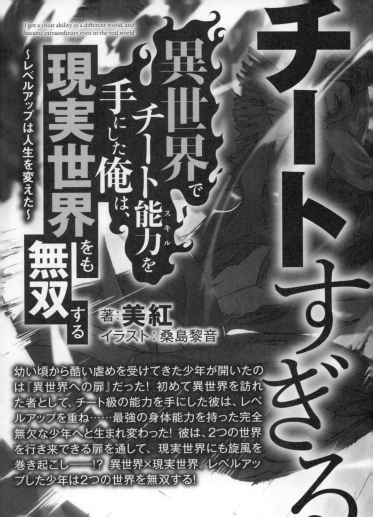

素直になれない私たちは、〝ふたりきり〟をお金で買う。

気まぐれ**女子高生**のちょっと**危ない**
ガールミーツガール。
シリーズ**好評発売中**。

STORY

週に一回五千円——それが、
彼女と交わした秘密の約束。
友情でも、恋でもない。
ただ、お金の代わりに命令を聞く。
そんな不思議な関係は、
積み重ねるごとに形を変え始め……。